AF405391

Richard Voß

Das Haus der Grimaldi
(Historischer Roman)

e-artnow 2018

Benedikte Naubert
Alf von Dülmen (Historischer Roman)Geschichte Kaiser Philipp und seiner
Töchter - Aus den ersten Zeiten der heimlichen Gerichte

Honoré de Balzac
Der Dorfpfarrer (Roman)

Jules Verne
Die Jangada

Alexandre Dumas
Die Erstürmung der Bastille: Historischer Roman

Jules Verne
Die Historien von Jean-Marie Cabidoulin

Richard Voß

Das Haus der Grimaldi (Historischer Roman)

Eine Geschichte aus dem bayrischen Hochgebirge

e-artnow, 2018
Kontakt info@e-artnow.org

ISBN 978-80-268-8799-7

Inhaltsverzeichnis

1

Gesegnetes Land, geheiligtes deutsches Land, dort unten am Fuß des bayrischen Hochgebirgs. Gesegnet durch seine landschaftliche Schönheit, seinen Reichtum an hochstämmigen Wäldern, üppigen Fluren, fruchttragenden Feldern; geheiligt durch die heiße Heimatliebe seines Volks, dieses Stammes blondhaariger und blauäugiger Söhne altangesessener Geschlechter. Hochgewachsen wie seine Tannen, bewahrt das Volk die Kraft seiner Väter, tolle Draufgänger, wenn die Sache es will. Und für die Söhne des Volks will es die Sache oft, sei es in aufflammendem Streit untereinander um ein begehrtes Weib oder um ein erlegtes Wild oder im Kampf mit einem Widersacher. Je grimmiger Streit und Kampf, umso besser! Sie nennen sich Bayern; aber sie sind Deutsche bis ins Mark hinein...

Frühling am Rand des bayrischen Hochgebirgs!

In keinem der deutschen Gaue erscheint der Frühling in solcher überschwenglichen Pracht, wie in den oberbayrischen Voralpen. Die Buchenwälder gleichen Hügeln von knospendem Gold, die Wiesen sind rote und gelbe, blaue und violette Gefilde, eine buntblütige Flur. Die grauen steinbelasteten Schindeldächer der Bauernhöfe, die spitzen oder zwiebelförmigen Dächer der Gotteshäuser umschimmert die schneeige Fülle der Obstbäume. Die Ufer der Bäche säumen Primeln und Vergißmeinnicht. Mit Primeln und Vergißmeinnicht sind die vielen Christusbilder am Wege bekränzt. Die lieblichen Blumen überwuchern die grausame Dornenkrone auf dem Haupt des sterbenden Heilands. Zu Füßen aber des blutrot angestrichenen Kreuzes steht die Mutter, und aus ihrem von Schwertern durchbohrten Herzen erblüht der Lenz. Wenn dann von Kirche zu Kirche, von Kapelle zu Kapelle die Glockenklänge über das grünende blühende Land schallen, so ist es, als riefe die vom Wintertode erstehende Erde ihr Hosianna gen Himmel. Dann flöten die Amseln, jubilieren die Lerchen, und die Welt ist so heilig schön, als gäbe es auf ihr keine Schuld, kein Unglück, keinen Jammer; als gäbe es in der vom Todesschlaf erwachten Natur, darin alles lebt und webt, überhaupt keine Menschenqual. Am allerwenigsten Vergehen und Sterben...

Auf den Alpen herrscht noch tiefer Winter und an sonnigen Tagen stehen die Berge gleich einem weißen glanzumflossenen Gewölk über sprießenden Saaten und knospenden Wäldern, ihre Zinken und Zacken in das Himmelsblau bohrend.

Auf einem ihrer Vorberge, gerade unter einem Alpengipfel, liegt ein Schloß, grau, altertümlich, feudal. Von der Landstraße aus, längs des von Weiden umsäumten Gletscherstroms, zieht sich durch die Waldwiese ein Weg empor. Er ist schmal, für Wagen nur mühsam zu benutzen und führt hinab nach dem zum Schlosse gehörigen Dorf. Es ist eines der stattlichsten und wohlhabendsten im ganzen Bezirk: stattlich und wohlhabend geworden durch die sorgende Liebe der Schloßherren, die dort oben von Geschlecht zu Geschlecht ein tüchtiges Leben führten, Mitglieder des Hochadels im lieben schönen Bayernland.

An diesem Maimorgen sprengt aus dem burgähnlichen Tor ein Reiter zu Tal. Es ist ein noch jugendlicher Mann in landesüblicher Tracht aus grauem Loden, mit grünem Tuch aufgeputzt, hinten am weichen Filz einen trotzig aufsteigenden Gamsbart. Die stolze Zier hat der Reiter selbst erbeutet und das auf eigenem Revier, das sich über die nächsten Höhen und weiter die Gipfel und Grate hinaufzieht.

Der noch Jugendliche ist Hanns Wolfram, Freiherr von Wagging, einziger Sohn frühverstorbener Eltern, Herr über ein weites Gebiet von Wäldern, Feldern und Fluren; und sein Geschlecht ist so alt wie das graue Gemäuer unter dem schneeigen Alpengipfel. Nicht gerade schön, vielleicht etwas zu eckig und zu robust, aber hoch und stattlich sitzt der Junker zu Pferd, auf einem feurigen Braunen aus freiherrlicher Zucht. Des Reiters Schönheit liegt in seiner Mannheit und sie liegt in seinen hellen Augen, die mit einem Blick leidenschaftlicher Liebe zur heimatlichen Scholle über das leuchtende Land hinschauen.

Ein altes gebrechliches Weiblein steht am Wege und grüßt zutraulich den jungen Herrn.

»Grüß Gott, Hansei-Baron. Wohin gar so früh?«

Mit kräftigem Ruck hielt der Freiherr seinen Braunen an. »Grüß Gott, Mutter Wabei. Wenn du schon so früh auf bist, kann ich's doch auch sein.«

»Ja, du bist ein Rechter! Unser Hansei-Baron bist du halt!«

»Das mußt du freilich am besten wissen. Hast mich auf den Armen getragen, da ich noch in den Windeln lag; hattest Plag' genug mit mir.«

»Ja freilich. Unbändig genug warst du schon damals, ein rechter Wilder! Aber auch wieder sanft und gut wie ein Jüngferlein.«

»Ach was! Ein Bub war ich, ein ganz schlimmer! Von sanft und gut war keine Rede. Und war ich's einmal wirklich, so darfst du's keiner Seele verraten. Müßt mich ja schämen … Gehst hinauf ins Schloß? Daß du dort oben nicht wohnen willst! Nicht mit deinem Hansei-Baron unter einem Dach.«

Das Weiblein meinte lachend: »Dann nimmt der Hansel bald eine junge Frau ins Haus, die von dem alten Weiblein nichts wissen will.«

Da aber widersprach der Freiherr: »Die ich einmal als meine Hausfrau ins Haus nehme, wird meiner alten Wärterin am Ofen den wärmsten Platz geben.«

»So denkst du wohl. Denn alles, was du denkst, ist brav. Dafür bist du auch unser Hansl. Aber du mußt bald Hochzeit halten – ich wüßt schon eine liebe Hausfrau für dich – will ich doch noch deine Söhne auf den Armen halten, ein ganzes halbes Dutzend, wenn deine Frau Baronin mich wirklich auf dem Schloß leiden sollt.«

Er lachte. Da sah er so jung aus und so strahlend, wie der Frühlingstag selber. Dann fuhr er fort: »Ein ganzes halbes Dutzend Söhne! Mir wär's recht. Auf den Armen tragen soll meine sechs Freiherrn die alte Wabei und keine andre. Im Haus leiden wird dich gewiß die eine, die wir beide wissen. Nicht bloß leiden wird sie dich im Haus, sondern auch in Ehren halten. Dafür steh ich dir … Du fragst, wohin ich so früh reite? Da wir's beide wissen, darf ich dir's laut sagen: Mutter Wabei, auf die Freit reit' ich aus. Wenigstens befinde ich mich auf dem geraden Weg dahin.«

Die Alte meinte: »Ist nicht gar so weit. Und ich sag' dir auch: sie ist schön und sie ist gut. Aber –«

»Nun, was ist?«

Das Weiblein sprach leise zu dem Reiter hinauf: »Sie soll drüben im Belgierland sein oder wie das fremde Land heißt. Das tut nicht gut. Sie hätte im Land bleiben sollen, im deutschen Land, weil du doch ein deutscher Mann bist. Denn wär nun deine zukünftige Frau in der Fremde eine Fremde geworden? … Mußt deiner alten Wabei nicht bös sein, du Lieber!«

Ein Schatten flog über des Freiherrn Gesicht und etwas zu hastig gab er der alten Getreuen zur Antwort: »Was fällt dir ein? Meine liebe Base in der Fremde eine Fremde! Als ob das möglich war? Ist sie nicht in Zangenberg bei den guten Klosterfrauen erzogen? Freilich danach für zwei Jahre zu ihrer Ausbildung nach Brüssel geschickt. Auch ich hätt's lieber gesehen, wenn sie im Lande geblieben wäre. Denn um Französisch zu lernen, wäre auch eine deutsche Stadt gut genug gewesen, wenn das Französische für eine Freifrau von Wagging überhaupt eine Notwendigkeit ist. Nun, heute kommt meine liebe Base aus der Fremde zurück, just an diesem gesegneten Maientag, den der Himmel gewiß nur für mich und sie so leuchtend gemacht hat. Dein Hansl-Baron aber reitet jetzt geradewegs zu ihren Eltern und erbittet sich die Erlaubnis, das Komteßchen von der Bahn abzuholen. Wabei, alte Wabei! Ich möchte mir einen Strauß Maiblumen an den Hut stecken, als sei ich schon jetzt ein glücklicher Bräutigam und möchte dazu jubilieren wie Amseln und Lerchen zusammen … Aber da halt' ich mitten auf dem Weg zu meinem Glück und schwatze mit dir und habe mein holdseliges Bäslein seit zwei Jahren nicht gesehen … Behüt' dich Gott, alte Wabei! Sie sollen dir droben im Schloß einen Kaffee machen, einen extra guten, lass' ich der Schaffnerin sagen … Vorwärts, Brauner, meinem Lieb entgegen; meinem Glück entgegen!«

Und er gab dem Braunen die Sporen.

Die Alte schaute dem Freiherrn kopfschüttelnd nach, murmelte: »Schön ist sie, das Fräulein Komtesse und gut ist sie auch. Aber das Fremde und Welsche gefällt mir nun einmal nicht; denn für den Hansei paßt nichts Fremdes und Welsches. Der ist bayrisch und will nichts andres sein.«

Kopfschüttelnd und vor sich hinmurmelnd, stieg sie mühselig weiter und wollte doch noch die Söhne ihres Junkers wiegen: ein volles halbes Dutzend.

Der Freiherr ritt durch das Dorf, das zu Füßen des Schloßbergs lag, Hof an Hof, jeder mit Stallung, Obstgarten und fließendem Brunnen, ein gar ansehnlicher Besitz wohlhabender Geschlechter. Kein einziges Haus trug das neumodische Ziegeldach, jeder Hof war, wie er vor Jahrhunderten gewesen. Ebenso die Trachten seiner Bewohner, der Männer sowohl wie der Frauen. Obgleich die Leute von Wagging seit langem nicht mehr die Hörigen der Schloßherrschaft waren, so wäre doch der Junker Freiherr mit heißem Zorn dreingefahren, hätte ein Bäuerlein sich unterfangen, die ehrwürdige Tracht auch nur mit einem Stück neumodischer Häßlichkeit zu vertauschen; und selbst der größte Hofbesitzer hätte ihm ohne weiteres Gehorsam geleistet.

Denn jedermann im Dorf wußte: ihr Hansl-Baron wäre mit dem nämlichen Feuereifer dreingefahren, wenn einem von ihnen ein Unrecht geschehen oder ein Unglück zugestoßen wäre. Er wäre der erste gewesen, der tatkräftige Hilfe gebracht hätte. Durch die lange Dorfgasse ritt der Freiherr seinem Glück entgegen. Der Hufschlag rief die Leute aus den Häusern hervor. In den offenen Fenstern und Türen zeigten sich Gestalten, die dem stattlichen Reitersmann mit einem traulichen »Grüß Gott!« zunickten. Vor jedem Fenster blühten Fuchsien, Geranien und Nelken, so daß jede der vielhundertjährigen Behausungen wie zu einem Fest geschmückt schien. Die Bewohner von Wagging waren echt oberbayrischen Schlags, und die Mädchenköpfe, die zwischen den Blumen an den Fenstern auftauchten, eine Galerie lebendiger »Defregger«. Alle nickten dem Schloßherrn zu, lachten ihn an, und er hatte genug zu tun, wieder zu grüßen und zu lachen. Manch einem blonden, blauäugigen Kind kam bei seinem Anblick in den Sinn: »Bildsauber ist er grad nicht, unser Herr Baron, aber die Frau, die ihn einmal zum Manne bekommt, ist bei ihm für Lebenszeit gut aufgehoben.«

Und die Männer, die alten sowohl wie die jungen, dachten: »Ein Tüchtiger ist unser Herr Baron, ein Mann, so recht nach unsres Herrgotts Herzen! Auf den Mann ist Verlaß!«

Die Frauen aber sprachen untereinander: »Fromm ist er auch und das ist gut in unsrer sündhaften Zeit. Er ehrt die Sakramente nicht nur, weil es so sein muß, sondern weil es ihm aus dem Herzen kommt. Ist er doch auch ein Sankt Georgsritter, wie sein Vater und alle seines Hauses es waren. Auch bayrischer Standesherr! Die lieben Heiligen, behüten ihn! Möge er uns nur bald eine Frau Freiherrin bringen. Eine Prinzessin könnte ihn zum Manne nehmen, so brav ist er. Dabei stark, wie unsre Burschen, diese Hallodri!«

Nicht ahnend das viele Lob, welches der Anblick seiner Person von allen Seiten hervorrief, ritt der junge Sankt Georgsritter seines Weges weiter, so hellen und heiteren Gemüts, wie rings um ihn der Frühling, der leuchtete, daß es eine Lust war. Dem Reiter zur Rechten rauschte der Fluß mit hochgeschwollenen Wassern, ihm zur Linken erstreckten sich hügelan die bunten Fluren, die sprießenden Saaten, die knospenden Wälder und dahinter stieg in aller Majestät das Hochgebirge auf, herrlich und schrecklich zugleich. Da der Tag warm war, mischte sich in das Brausen des Flusses das Donnern der Lawinen, diese Frühlingsmusik des Hochgebirgs, vom Gesange der Amseln und Lerchen begleitet. Und alles, was Hanns Wolfram auf seinem Wege an Erdenschönheit überschaute, war sein Eigentum, welches er durch Arbeit und Fleiß zu seinem wahren Besitz erst machen wollte: »Dies alles ist mein. Dies alles wird auch ihr, der Geliebten, gehören!«

Er wußte nicht, daß er diese Worte laut in die Welt hinausrief. Plötzlich kam ihm der Gedanke: Wie sagte die alte Getreue doch gleich? War es nicht etwas von der Fremde und daß sie in der Fremde die Heimat vergessen haben könnte? Der Heimat entfremdet. Wer? Sie, Scholastika, deren Platz auf der ganzen weiten Welt nur hier war. Der Heimat entfremdet, also auch ihm? Torheit war's! Heute kam sie zurück – endlich nach vollen zwei Jahren! Ihr zu Ehren, ihr zuliebe hatte sich die Welt so geschmückt: so wunderschön, wie sie selber war. Und diese wunderschöne Welt war ihre Heimat, wie dieser nichts weniger als wunderschöne Mann sehr bald ihr Bräutigam sein würde ... Alte dumme Wabei! In der Fremde fremd geworden. Sein Bäschen, sein Bräutchen, das er liebte, wie ein Mann seiner Art ein Mädchen eben liebt: schlicht und treu und stark. Männer seiner Heimat langten sogleich nach dem im Griff stehenden Messer, wenn ihnen ein Nebenbuhler ihr Liebchen abspenstig machen wollte, zu dem sie des Nachts heimlich ins Kammerfenster stiegen. Die Burschen seiner Heimat kämpften um das heißbegehrte Weib, wie der Hirsch um die Hirschin. Von dem König ihrer Wälder hatten sie ihr Liebeswerben gelernt, wie ihren Nationaltanz von dem balzenden Auerhahn. Doch was hatte die Liebe des Junkers mit dem wütenden Werben der Wildlinge zu schaffen? Um sein holdes Bäschen bedurfte es keines Kampfes.

Er hätte jubeln mögen, so wie die Burschen ihre unbändige Lebenslust hinausjauchzten in die wunderschöne Welt bei grauendem Tagesanbruch, wenn sie von ihrem Schatz fortschlichen. Dann ließ es auch den Freiherrn nicht länger ruhen. Beim ersten Dämmerschein sprang er vom Lager auf, eilte aus Zimmer und Haus, sattelte im Stall selbst den Braunen, sprengte davon, das Liebchen im Herzen, ihren Namen auf den Lippen, den Jubelschrei, der sich seiner Brust entringen wollte, gewaltsam unterdrückend: »Bald meine Braut, bald mein Weib!«

Das Herz übervoll von seiner Liebe, erreichte Hanns Wolfram den Seehof, den Landsitz seiner Verwandten mütterlicherseits, Graf und Gräfin von Puch-Puchstein.

Wie ein Gedicht deutscher Romantik lag das Haus auf der Insel des Alpensees, zu Füßen der hohen Seespitz, die sich mit ihrer noch winterlichen weißen Herrlichkeit in der smaragdgrünen regungslosen Wasserfläche spiegelte. Ein Brückenweg führte vom Ufer hinüber. Das Inselhaus hatte noch eine Zugbrücke und ein kunstvoll mit geschmiedetem Eisenwerk beschlagenes gewaltiges Tor; hatte noch Wall, Graben und Turm. Sogar das verrostete Rohr einer Kanone starrte kriegerisch zwischen zwei trotzigen Zinnen ins friedliche Land hinaus. Heute sollte das alte Geschütz abgefeuert werden: Freudenschüsse, donnernde Willkommgrüße dem einzigen Kinde des Hauses zu Ehren.

Der Freiherr, der als Freiwerber kam, sprengte über die Brücke in den Schloßhof, wo ein herbeieilender Stallbursche den Braunen in Empfang nahm. Nur für kurze Zeit: bald wollte der Vetter Freiherr wieder weiter zur Bahnstation, um daselbst das Bäslein zu begrüßen und es unter seiner Obhut heimwärts zu geleiten. Dazu gehörte eine Umarmung; gehörte ein Kuß. Nicht etwa der Kuß des Vetters, sondern ein andrer, leidenschaftlicher, heißer; war auch die Heimkehrende bis zur Stunde nur noch – eben »das Bäslein«.

Was bedurfte es der Form, wo schon seit des Junkers Knabenzeit – seit des Jungfräuleins Kinderjahren – zwischen den beiden eine innige Liebe erblüht war.

»Grüß Gott, Oheim! Grüß Gott, Tante! Kommt sie heut wirklich? Endlich? Darf ich allein sie abholen oder fahrt auch ihr zur Station?«

Mit diesen Worten stürmte der Freiherr in die Halle, wo die Ehrwürdigen an überreich besetzter Tafel beim ersten Frühstück saßen, zwei behäbige Gestalten, die es sich wohl sein ließen und nichts andres vom Leben wollten, als seine guten Gaben in Hülle und Fülle genießen. Die Morgensonne durchstrahlte den gewölbten Raum, darin jedes Stück war, wie es vor einem Jahrhundert gewesen. Sie schien auf den mit Speisen besetzten Tisch, auf die gutmütigen, vor Wohlsein glänzenden Gesichter des gräflichen Paares; sie schien auf die stark nachgedunkelten Porträte der Ahnen, eine ebenso ehrbare wie kraftvolle Sippe oberbayrischer Landedelleute; sie glitt über die Täfelung aus purpurbraunem Lärchenholz an Decke und Wänden und über den blitzblank gescheuerten Fußboden, auf den die Strahlenbahn des Sees vor den Fenstern einen schimmernden, flimmernden Widerschein warf. Ohne den Glanz des himmlischen Gestirns war es an Regen- und Nebeltagen in dem hohen Raum düster und traurig.

Von seinem Teller aufsehend, erwiderte der Oheim auf die stürmische Begrüßung gemächlich: »Setz dich doch erst! Iß und trink!«

Und die gute Gräfin meinte wohlwollend: »Der Schinken ist noch warm. Wie erhitzt du bist! Weshalb eigentlich?«

»Weshalb? Weil sie heute wiederkommt: sie, Scholastika! Mußtet ihr eurer Tochter auch gerade diesen Namen geben? Nicht anders, als wäre sie eine zukünftige Heilige. Zum mindesten eine hochwürdige Klosterfrau oder Stiftsdame. Ein Kind der Welt ist sie und bleibt sie, und wird nebenbei Freifrau von Wagging. Schon deshalb hättet ihr eurem einzigen Kind einen andern Namen geben können! Aber Scholastika! Dabei ist sie gar nicht so, wie ihr Name vermuten läßt: gar nicht streng und feierlich, sondern hold und sonnig. Wenigstens war sie so. Und ist sie es nicht mehr, so soll sie es wieder werden. Aber das ist meine Sache und – nein, danke für den Schinken. Ich frühstückte schon lang, einen Jägerschmarren, einen fetten. Der hält vor. Und jetzt hole ich mein Bäschen.«

Um die beiden Behäbigen nicht zu stören – eine Sorge, die unnötig war – setzte er sich zu ihnen, ohne jedoch einen Bissen zu nehmen, trotz des noch dampfenden Schinkens, von dem die gute Gräfin eine von Saft triefende mächtige Scheibe für ihn abschnitt. Dazu gab es weiche Eier, von denen der Ohm ein volles halbes Dutzend in eine Schale schlug und darin mindestens ein Viertelpfund Butter verrührte. Genau ebenso hatten Vater und Großvater gespeist und genau ebenso würde des Schloßherrn Sohn gespeist haben, wenn die Würdigen einen Sohn besessen hätten. Leider besaßen sie nur eine Tochter, und wenn Hanns Wolfram sein Bäslein freite, so würden die beiden großen angrenzenden Waldgüter ein einziger Besitz werden und der Freiherr würde, mit König Ludwigs des Dritten gnädigster Genehmigung, seinem ruhmreichen Namen den nicht minder angesehenen der Grafen von Puch-Puchstein zulegen. Das war niemals besprochen worden, galt jedoch zwischen den Verwandten für eine ausgemachte Sache.

Plötzlich rief der Freiherr, wie um sich von einer dunkeln Sorge zu befreien, heftig aus: »Das mit der Klostererziehung zu Zangenberg mußte sein; das ist nun einmal nicht anders. Aber daß ihr sie außerdem noch in das fremde Land schicktet; noch dazu in das hyperpariserische Brüssel, das brauchte nicht zu sein. Ich weiß ja, daß die Komtesse in der feinen Anstalt feine Manieren lernen sollte und ein perfektes Französisch. Zum Henker auch! Sie ist eine Deutsche und ihr Kloster-Französisch war für eine Deutsche gut genug ... Seid ganz still! Ich weiß ja! Weil selbst in unsrem alten guten München die vornehmen Damen lieber die Sprache der Franzosen als ihre eigene herrliche deutsche Muttersprache reden. Schlimm genug! Ein Unwesen ist's! Wer lieber Französisch als Deutsch spricht, der denkt und fühlt auch französisch. Das ist für uns Deutsche ein Unglück. Schlimmer als das: ein Unrecht ist's! Ein Unrecht am deutschen Geist, an der deutschen Seele, am ganzen deutschen Volk! Da kenne ich in München ein ältliches Fräulein, deren Vater ein biederer Bayer, deren Mutter aber eine Französin ist. Wo immer das Fräulein erscheint, wird Französisch parliert, eine Beleidigung des Vaters und Deutschlands zugleich. Wir werden es noch einmal am eigenen Geist spüren, an der eigenen Seele büßen müssen und das mit blutigen Leiden.«

So grollte der Freiherr, dem sein deutsches Vaterland als höchstes galt. Auch gedachte er dabei der zweijährigen schmerzlichen Trennung von der Geliebten und wie überflüssig diese gewesen. Es ärgerte ihn, seine würdigen Verwandten selbst am heutigen Tage, an dem Fest der Heimkehr ihrer Tochter, genau wie immer in aller Gemütsruhe tafeln zu sehen, als ob gutes Essen und Trinken das einzig Beglückende auf Erden sei, während in ihm jeder Nerv vor Erwartung und Ungeduld zuckte. Je ungebärdiger er gegen das französische Unwesen im lieben Vaterlande loszog, umso gemütlicher schien sich das Paar zu fühlen, mit umso besserem Appetit genoß es die ihm so reichlich bescherten Gottesgaben.

In seiner Erregung sprang Hanns Wolfram vom Stuhl auf mit der Frage: »Wo wird sie wohnen?«

Erstaunt meinte die Gräfin: »Wie kannst du fragen? In ihren alten Zimmern.

»In ihren alten Zimmern? Die sind im ganzen Hause die dunkelsten und trübseligsten. Habt ihr sie wenigstens neu eingerichtet mit hübschen Teppichen und hellen Vorhängen? Sie ist so jung und der Seehof so düster und traurig.«

»Düster und traurig? Der Seehof? Was fällt dir ein?«

Der Neffe rief: »Ihr versteht eben nicht, wie es einem jungen Geschöpf zu Mut ist! Und Scholastika ist nicht nur so jung, wie heute der Frühlingstag, sie ist auch ebenso strahlend. Sie liebt alles, was heiter und hell ist; liebt das Leben und die Lebensfreude und ihr sperrt sie in dieses dumpfe Gemäuer. Zum Glück wird es nicht lang dauern; denn bald – ich weiß, was ihr sagen wollt! Aber in meinem Hause soll sie es so sonnig und licht haben, wie sie selbst ist ... Verzeiht! Ich halte es bei euch nicht länger aus. Der Schorschl und der Loisl wissen, wie sie das alte Rohr abzufeuern haben: volle zwölf Schüsse! Ich war deswegen vorgestern hier und probierte mit ihnen das Altertum ... Lebt wohl! Ich bringe sie euch! Laßt's euch weiter gut schmecken.«

Das taten die beiden. Ihr Neffe gehörte eben auch zur neuen Jugend, die sie nicht verstanden, gar nicht verstehen wollten. Und ihre Tochter –

Ihre Tochter war eine Puch-Puchstein; war ihrer Eltern Kind.

Nein! Ihre Tochter würde zu dieser neuen, der alten Generation unverständlichen Jugend nicht gehören.

Fremd geworden in der Fremde! Auch auf dem Ritt zur Station immer die Erinnerung an die Worte der alten Dorfsibylle. Sie hatten sich in des jungen Mannes Seele gebohrt, daß er den Gedanken daran wie einen Stachel empfand. Heiß war ihm, nicht etwa wegen der schon sommerlich herabbrennenden Frühlingssonne, sondern weil er es im Herzen so heiß fühlte: seine Leidenschaft zu dem liebreizenden Mädchen, dem er nach langer Trennung entgegenritt.

Die Station, auf welcher der Schnellzug München – Rosenheim – Salzburg hielt, lag in ziemlicher Entfernung von Schloß und Dorf. Hanns Wolfram spornte daher seinen Braunen so heftig, daß er sein Ziel um eine volle halbe Stunde zu früh erreichte, was seine Aufregung nicht gerade verminderte. Knappe fünf Minuten vor Ankunft des Zuges traf vom Seehof die schwerfällige Staatskarosse ein, auf dem Bock in der gräflichen Livree, auch alt und grau, der Kutscher. Die Eltern waren nicht mitgekommen, ihre Tochter zu empfangen. Vermutlich waren sie mit dem Frühstück nicht rechtzeitig fertig geworden, welche kulinarische Seßhaftigkeit dem Herrn Neffen ungemein angenehm war. Hatte er nun doch auf dem Rückweg sein liebes Mühmchen für sich allein.

Der Eilzug brauste heran. Wie sein Herz pochte! Wenn ihm nach langwierigen Mühen ein starker Gemsbock endlich zu Schuß kam, wenn er einen majestätischen Zwölfender pirschte oder den balzenden Hahn ansprang, so klopfte sein Herz weniger stark. Daß er daran denken konnte? In diesem Augenblick an Gams und Hirsch und Auerhahn. Bei Sankt Hubertus! Er war doch ein wüster Gesell. Und einen solchen sollte sein holdseliges Bäschen zum Gatten nehmen? Sie würde sich hüten.

Sein holdseliges Bäschen – War sie das? Diese hochgewachsene schlanke junge Dame in elegantem englischem Reisekostüm, die, von einer Dienerin des vornehmen Instituts begleitet, einem Abteil der ersten Wagenklasse entstieg. Herrgott, und er! Er stand und starrte das feine Fräulein an. Kaum, daß er mühsam hervorbrachte: »Bist du's wirklich? Wie du dich verändert hast! Ich hätte dich nicht wieder erkannt. Wie konntest du dich so verändern?«

»Ich bin inzwischen eben groß geworden.«

»Eine Dame!«

»Da ist ja auch Georg. Guten Tag, Georg!«

Sie reichte dem Getreuen des Hauses – er hatte anno 1870 mitgemacht und stand vor der Tochter des Hauses stramm wie einstmals vor seinem Wachtmeister – die mit silbergrauem dänischen Leder bekleidete Hand. Silbergrau waren Kleid, Hut und Schleier. In silbergrauem Leder steckten – Hanns Wolfram hatte es bei ihrem Aussteigen sehen müssen – die Füßchen. Unmöglich konnte sie mit solchen Schuhen durch die Forsten schweifen, die Almen besuchen, die Berge besteigen. Aber alles, was ihm in diesem Augenblick durch den Kopf fuhr, war offenbarer Unsinn. Das würde alles anders, ganz anders werden, wenn sie erst – Ja, wenn sie erst – Wie sein junges Herz klopfte! Und wie unbeholfen er sich der stolzen Erscheinung gegenüber vorkam, so recht als Landjunker, als Oberbayer. Dieses Bewußtsein machte ihn nur noch verlegener, noch unbeholfener. Nicht anders stand er vor ihr, wie der Schorschl, den sie vornehm »Georg« nannte, was den Alten aus der Fassung gebracht hatte; denn er machte zu dem »Georg« ein ganz kurioses Gesicht. Oder war es ihr Anblick? Der Anblick dieser schlanken jungen Dame, die das kleine Fräulein Komtesse sein sollte, das Komteßchen, die Herrin und Gebieterin über alle Herzen im Seehof, im Schloß sowohl wie im Dorf.

Nun saß des guten Hanns Wolframs zukünftiges Bräutchen, aus dem inzwischen eine wunderschöne Dame geworden, in der Staatskarosse derer von Puch-Puchstein, den alten Seppl als Kutscher, den alten Schorschl in der alten Staatslivree steif auf dem Bock, sie selbst blühend wie ein Maienröslein. Dabei so vornehm! Ach, so vornehm, daß Hanns Wolfram noch immer nicht sich selbst wiederfand. Er ritt dicht neben dem Wagen und hatte Mühe, den Schritt des Braunen der gemächlichen Gangart der wohlgenährten gräflichen Pferde anzupassen.

Hanns Wolfram begann das Gespräch mit der so wundersam veränderten Jugendgeliebten, die gedankenvoll und schwermütig in die noch winterliche Gebirgswelt hinausschaute. Es ward dem Guten schwer, Worte zu finden, und doch drückte auf ihn das Schweigen wie Gewitterschwüle: es war so unnatürlich! Nach Jahren der Trennung und Sehnsucht endlich zusammen mit dem Bäschen, er, der wie ein Schulknabe vor den Ferien, im Kalender jeden Tag bis zu ihrer Rückkehr ausgestrichen hatte. Jetzt war sie da, an seiner Seite, wunderbar schön mit der Fülle ihres goldenen Haares, den großen genzianenblauen Augen und einem Munde, ach, einem Munde – Und sie schwiegen. Was hatte er ihr gleich in erster Stunde alles sagen wollen! Und nun? Endlich sprach er: »Daß du in dem fremden Land der Heimat fremd wurdest – Denn das wurdest du! Und in welch einem fremden Land! Belgien ist womöglich noch französischer als Frankreich, Brüssel noch pariserischer als Paris. Und du, eine gute Deutsche –«

Das letztere kam ihm halb ungewollt über die Lippen. Die junge Gräfin erwiderte: »Weshalb sollte ich nicht dort gewesen sein, weil ich eine Deutsche bin? Sind wir Deutschen nicht überall? Lieben nicht gerade wir Deutschen alles Fremde? Belgien ist ein herrliches Land, Brüssel eine himmlische Stadt. Ich werde mich noch lange dorthin zurücksehnen.«

»Und wir sehnten uns volle zwei Jahre nach dir!«

»Sehr freundlich von euch.«

»Das sagst du so gelassen, so gleichgültig? Weißt du, was das heißt, zwei Jahre der Sehnsucht? Und du wirst dich noch lange nach der Fremde zurücksehnen?«

»Ich trennte mich dort von meiner liebsten, meiner einzigen Freundin, einem wundersamen Geschöpf, ganz Anmut und Liebreiz. Sie verließ zugleich mit mir das Institut und ging nach Paris. Denke doch: nach Paris! Schon in München erhielt ich von ihr einen Brief. Sie ist von Paris begeistert, hingerissen. Paris fasziniert sie. Ihre Eltern führen sie schon in nächster Zeit ein in die große Welt. Sie wird Sensation machen. Und wie sie mich liebt! Es ist seltsam, sich so geliebt zu wissen.«

Unwillkürlich sprach Hanns Wolfram ihr die Worte nach: »Es ist seltsam, sich so geliebt zu wissen...«

Nach einem Schweigen, welches beiden unbehaglich war, fuhr das schöne Mädchen fort: »Yvonnes Eltern besitzen an der französischen Riviera ein Landhaus. Dort ist längst Frühling, ist während des ganzen Winters Frühling, ein einziges blühendes Wunder das ganze Land.«

Er erwiderte nur drei Worte: »Sieh dich um!«

Und die Heimgekehrte schwieg.

»Es ist deine Heimat, ist Deutschland! Verstehst du? Heimat, Deutschland! Wenn es für den Menschen heiliges Land gibt, so ist es Heimat und Vaterland.«

Dann nach einer kleinen Weile, da sie stumm blieb: »Das ganze Land ein einziges blühendes Wunder. Noch einmal: sieh dich um! Höre das Willkommen, mit dem die Heimat dich empfängt; höre den Donner der Lawinen. Du kannst sie sehen: dort und dort und dort! Wie mit silbernen Schleiern weht dir die Heimat ihre Grüße zu. Höre den Widerhall! keiner Königin kann ein großartigerer Empfang zuteil werden und du staunst nicht, bist nicht entzückt?«

Er war fast beredt geworden, alle Unbeholfenheit, jede Scheu war von ihm gewichen. Leuchtenden Blicks schaute er auf das Landschaftsbild: seine Heimat, sein Vaterland! Plötzlich streckte sich dem Reiter eine Hand entgegen. Da er sie nicht gleich sah, mußte Scholastika ihn anrufen. Er nahm die schlanke Hand und drückte sie, als sei es die Hand eines guten Kameraden. Ohne zu zucken hielt das Fräulein den Druck der Hand aus, die ein durchgehendes Pferd zügeln und den Pflug führen konnte.

Wäre er kein rauher Landjunker gewesen, so wäre ihm aus dem Lächeln, mit dem das schöne Mädchen ihm die Hand entgegengestreckt, ein ganzes Heer Liebesgötter zugeflogen und hätte ihn wie ein Schmetterlingsschwarm umflattert. Immerhin löste sich etwas in seinem Herzen, was ihn seit dem Wiedersehen gleich einem Alp drückte. Dabei war sein Herz voll von einer Liebe, für die es bei einem Manne seiner Art keine Worte gab.

Auch kein Ende...

Obgleich sie ihm noch immer fremd erschien, fiel er doch in seine Starrheit nicht wieder zurück und ritt dem ehrwürdigen Vehikel mit seiner schönen Insassin so nahe, daß die Beine des Braunen in Gefahr standen, unter die Räder zu kommen. Er sprach vom Seehof und von seinem waldumrauschten Bergschloß hoch über dem weiten welligen Fruchtland der Vorberge. Diese ganze gesegnete Welt war sein! Diese ganze gesegnete Welt würde außer ihm noch einer Zweiten gehören.

Da verstummte er wieder, heiße Glut im Gesicht, wie ein beim Apfeldiebstahl ertappter Schulknabe. Scholastika merkte es nicht. Kaum hatte sie hingehört, was er mit solchem Eifer berichtete. Gewiß war er ein guter Junge, überdies ihr Vetter und Jugendfreund, ein prächtiger Mensch; aber doch anders, so ganz anders, als ihre Mädchenphantasie die Gestalt sich träumte, die ihrem Leben einmal seinen Inhalt geben sollte, einen glücklichen, glanzvollen Inhalt. Jetzt schreckte sie aus ihrem Sinnen auf. Er, den sie mit jener Phantasiegestalt unwillkürlich verglichen hatte, fragte sie – Was doch gleich? Ach, ja so! Wie es ihr während der langen Zeit der Trennung ergangen sei?

»Wie es mir ergangen ist?«

»Ja, Ika. Denn mir fällt nicht ein, dich bei deinem feierlichen Namen zu nennen. Für mich warst du ›Ika‹, als du noch ein ganz kleines Kind warst, das ich in meinen Armen herumschleppte wie ein Püppchen. Jawohl, meine stolze Dame, auch an meinem Herzen hielt! Und für mich bleibst du Ika, ob es dem gestrengen Fräulein recht ist oder nicht.«

»Nenne mich, wie du willst, Vetter Hanns Wolfram.«

»Nur Wolf, wenn ich bitten darf, wie du mich sonst immer nanntest; schon damals, als wir Braut und Bräutigam spielten.«

»Braut und Bräutigam, du und ich?«

»Jawohl. Du und ich! Und zwar waren wir auch dann noch Braut und Bräutigam, wenn du später aus dem Kloster in die Ferien heimkamst. Wir küßten uns sogar, wie das Braut und Bräutigam zu tun pflegen … Sieh mich nur unnahbar königlich an! Die beiden auf dem Bock verstehen uns nicht bei dem Gerassel der ehrwürdigen Staatskarosse, und wenn sie auch verstehen sollten – Die Alten dort oben wissen es so gut wie du und ich.«

In seiner Erregung stieß er die Worte heftig hervor. Da sagte sie, wenn auch nicht gerade unnahbar-königlich, so doch voll kühler Hoheit: »Wenn du es weißt – ich weiß es nicht. Verstehst du, Vetter Wolf? Ich wünsche nicht, es zu wissen.«

»Du wünschest nicht –«

Er konnte nicht weiter sprechen, es erstickte ihn fast. Als habe der kleine Zwischenfall nicht stattgefunden, sprach sie weiter: »Wie es mir in Brüssel ergangen ist? Siehst du das nicht? Herrlich erging es mir! Es war eine glückliche Zeit: Jugend, Freude, Freundschaft. Wir fühlten uns alle gleichsam unsterblich jung, und das Leben in dem glanzvollen, dem goldenen Brüssel war, trotz aller Abgeschlossenheit der Anstalt, doch – Leben! Und dann meine Freundin, Yvonne d'Yvray, von der ich vorhin sprach. Stelle dir vor – Aber ich kann sie dir nicht schildern. Ein lebendes Gedicht, ein verkörpertes Frühlingslied. Auch ist die Trennung noch zu frisch, um von ihr sprechen zu können. Überdies würdest du mich gar nicht verstehen. Wie solltest du auch? Überhaupt, Vetter Wolf, unser Leben war so verschieden von allem, was du kennst, daß du es unmöglich verstehen kannst. Also lassen wir das und seien wir die guten Freunde, die wir vorher waren.«

Unwillkürlich sprach er ihr auch jetzt wieder nach: »Gute Freunde…« Darauf heftig: »Was verstünde ich von deinem Leben nicht? Wenigstens darf ich fragen, da ich gern verstehen möchte und da dein Leben auf dem Seehof dem meinen in vielem sehr gleichen wird. Oder hältst du mich für zu plump und zu bäurisch, nun du eine so feine Dame geworden bist?«

»Ich wollte dich nicht kränken.«

»Du tatest es aber!«

»Ich meine, du kannst nicht verstehen, aus welcher Welt ich zurückkehre. Dieses Belgien, dieses Brüssel – das Leben dort gleicht einer Reihe von Festtagen. Wer dort lebt, glaubt nicht, daß das Leben schwer sein könnte oder gar traurig und trübselig. Man möchte immer in weißen Gewändern einhergehen und mit Rosen sich kränzen … Siehst du wohl, wie recht ich habe, daß du mich nicht verstehen kannst. Ich werde Heimweh haben, habe es schon jetzt. Auch Heimweh nach der schönen Stadt, die ich verließ, und die mir heute als die Stadt aller Lebensfreude erscheint. Und Yvonne – Wir sind Freundinnen für das ganze Leben ...Du mußt Nachsicht mit mir haben. Das müßt ihr alle.«

»Deine Freundin für das ganze Leben ist also keine Deutsche?«

»Ich sagte dir doch, eine Deutsche kann gar nicht sein, wie sie ist. Eine Yvonne d'Yvray kann nur aus Paris sein. Wenn du sie kenntest, würdest du es verstehen.«

»Ich danke dir.«

»Wofür?«

»Dafür, daß du mich nicht für zu dumm und zu michelhaft deutsch hältst, um zu verstehen, daß das Fräulein aus Paris unmöglich eine Deutsche sein könnte. Aber du wolltest mich ja wohl nicht kränken? Jedenfalls werde ich mir den Namen der Pariser Elfe merken: Yvonne d'Yvray. Es klingt hübsch wie der Name der Heldin eines französischen Romans. Doch das verstehst nun du wieder nicht. Du brauchst nicht zu erröten.«

Sie näherten sich dem Seehof. Die Dorfleute waren versammelt, die Eltern winkten vom Turm herab, Böllerschüsse krachten, das Echo der Alpen weckend. Jeder Schuß donnerte in die glanzvolle Frühlingswelt hinaus: »Willkommen! Willkommen! Die Tochter des Hauses kehrt zurück! Willkommen, willkommen zu Hause!«

Als die Karosse mit der feinen fremden Dame über den Brückenweg rollte und in das graue Gemäuer einfuhr, war kein Hanns Wolfram mehr zu sehen. Vor dem Schloßhof hatte er kurzerhand kehrt gemacht, war davongeritten, hatte dem Braunen die Sporen gegeben, gejagt von der Erkenntnis: »Fremd geworden in der Fremde!«

5

Er konnte jedoch von der in der Fremde fremd Gewordenen nicht lassen. Wie hätte er das können? Er, Hanns Wolfram, von seiner Jugendliebe lassen! Das wäre Untreue gewesen. Nicht allein Untreue gegen die Geliebte, sondern auch Untreue gegen sich selbst. Dennoch ließ er sich fortan auf dem Seehof nur selten sehen, obgleich Graf und Gräfin Boten auf Boten nach ihm aussandten zu Festessen, der Heimgekehrten zu Ehren. Denn wie hätte man diese glorreicher feiern können, als durch Gastmähler? Und was auf dem Seehof ein Gastmahl besagen wollte, das war in der ganzen Gegend bekannt. Doch ließ sich der so dringlich Geladene entschuldigen: er habe in Wald und Feld viel zu tun und sei des Abends zu müde; gäbe es erst weniger Arbeit, werde er kommen. Einstweilen sei Arbeit sein Leben und dieses Leben sei das herrlichste auf der Welt.

Zu müde. Er, Hanns Wolfram, zu müde. Es war zum Lachen! Als ob er jemals müde werden könnte? Freilich versuchte er sich zu ermüden, um die Gedanken zur Ruhe zu bringen, die ihn hinterrücks überfielen gleich einer Bande von Wegelagerern. Der Braune mußte tüchtig herhalten und ermüdete früher als sein Herr. Auf den Feldern spielte der Freiherr seinen eigenen Aufseher, in den Wäldern den eigenen Förster. Zum Glück konnte er selbst um diese vorgerückte Jahreszeit noch den Auerhahn anspringen, das Birkwild schießen und, unmittelbar hinter seinem Hause, nach Herzenslust klettern bis zu den Regionen ewigen Eises hinauf. Aber auch das ermüdete ihn nicht. Seine jungen Glieder bedurften nicht des Ausruhens und seine stürmenden Gedanken gaben ihm keine Ruhe. Fand er des Nachts auf seinem Lager – es glich einem Feldbett – keinen Schlaf, so sprang er beim ersten Morgengrauen auf, weckte weder Knecht noch Magd, eilte in den Stall, sattelte selbst sein Pferd, jagte hinaus. Bis zum Seehof jagte der Liebende…

Heute nun wollte er dem Bäschen endlich einen vetterlichen Besuch abstatten. Gerade heute war er guten Muts: die Heimat würde sie sicher sehr bald wieder heimisch machen; hatte es vielleicht schon getan. Und dann –

Seine Liebesglut heroisch dämpfend, ritt der Junker in den Seehof ein. Der Schloßwart meldete: die Komtesse befände sich unten im Garten. »Die Komtesse.« Es mußte nun einmal ein Fremdwort sein. Unmutig erwiderte er: »Du meinst, die junge Gräfin.«

»Freilich. Wir müssen aber Komtesse sagen. Das ist feiner.«

Der Schloßgarten erstreckte sich rings um den Seehof und bildete zu allen Jahreszeiten ein köstliches Blumengelände: Tulpen, Narzissen und Hyazinthen waren die ersten – Astern, Dahlien und Sonnenblumen die letzten Kinder Floras. Auf der smaragdgrünen Seeflut leuchteten, vom Winde bewegt, weiße Seerosen, gelbe Lilien säumten die Ufer, wie durch goldene Schranken das Wasser vom Land trennend. Wildenten trieben auf dem einsamen Gewässer ihr lustiges Wesen. Sie durften nicht geschossen werden und waren so zahm, daß sie nicht nur in den Schloßhof, sondern als Hausgenossen bis in die Zimmer drangen. Auch Wildgänse besuchten den Alpsee. Diese galten als Jagdwild und wurden nach einem alten Familienrezept gebeizt. Auf solchen Braten freute sich die Herrschaft wie auf ein Festmahl…

Scholastika, in hellem Sommerkleid, einen mit rosa Levkoyen garnierten Florentiner auf dem blonden Haupt, saß auf einer Steinbank am Strande. Sie schrieb mit einer Füllfeder einen Brief und war in ihre Beschäftigung so versunken, daß sie ihren Vetter erst bemerkte, als er dicht neben ihr stand. Erschreckt fuhr sie auf.

»Ich störe dich. Entschuldige.«

»Es war nur, weil ich dich nicht hörte.«

»Du schreibst?«

»An meine Freundin.«

»Wie heißt sie doch?«

»Yvonne d'Yvray.«

»Richtig! Yvonne d'Yvray aus Paris … Sie ist doch aus Paris?«

»Ich sagte dir ja, daß sie nur aus Paris sein kann; aus der Stadt der Anmut und Lebensfreude.«

»Zugleich die Stadt höchster Sitte und Sittlichkeit, höchster Zivilisation und Kultur.«

»Wie du das sagst.«

»Es soll kein Spott sein. Denn für dich und deine Freundin ist Paris sicher das, was ihr beide in engelhafter Unschuld glaubt ...So oft ich dich jetzt sehe, muß ich dich wegen irgend einer Dummheit um Verzeihung bitten.«

»So oft du mich jetzt siehst? Seit beinah einem Monat ist es heute das dritte Mal.«

»Hast du das bemerkt?«

»Die Eltern schickten oft genug nach dir. Aber du kamst nicht.« »Es war von deinen Eltern sehr freundlich ...Du selbst ließest mir niemals sagen, ich möchte mich bei euch sehen lassen.«

Letzteres fügte er nach einer Pause hinzu, eine freundliche Antwort erwartend. Aber kühl und fremd meinte sie: »Wie käme ich dazu, dich zum Kommen aufzufordern? Bist du doch hier zu Hause.«

»Ich wäre hier zu Hause?«

»Aber Vetter Wolf –«

Der Vetter versetzte mit Haltung: »Obgleich ich hier zu Hause bin, hätte es sich für dich nicht geschickt, mir ein freundliches Wort sagen zu lassen?«

Erstaunt sah sie zu ihm auf. »Ich hielt es für unnötig. Übrigens –«

Er fiel ihr ins Wort: »Übrigens hast du in deinem vornehmen Institut vornehme Manieren gelernt, die Manieren einer Weltdame ...Schreibe ruhig weiter an deine geliebte Pariserin. Ich werde inzwischen die Eltern begrüßen.«

»Mein Brief ist so gut wie fertig.«

»Du korrespondierst mit deiner Freundin natürlich Französisch?«

»Natürlich.«

»Sie kann, gleichfalls natürlich, kein Wort Deutsch?«

»Wie sollte sie? Eine Pariserin? Die Franzosen finden unsre Sprache barbarisch. Hättest du dein Französisch nicht verlernt, so –«

»Vielleicht spreche ich es nur nicht, obgleich ich in München dazu genug Gelegenheit hätte. Ist doch in unsern Salons das Französische sozusagen Muttersprache. Wenigstens wird es dort ›unsre Sprache‹ genannt. Hörst du wohl: ›Unsre Sprache!‹ Vollends dann, wenn uns ein Ausländer mit seiner Gegenwart beehrt. Sofort bemühen sich sämtliche Anwesende, in einem mehr oder minder guten Französisch Konversation zu machen, stolz darauf, zeigen zu können, daß wir Deutsche doch nicht so entsetzlich unkultiviert seien. Das ist nicht etwa deutsche Höflichkeit, das ist deutsches Lakaientum, welches vor allem Fremden sich bückt und beugt.« »Aber Vetter! Vetter Wolf!«

Sie lachte ihn einfach aus. Und er lachte mit, lachte sich selbst aus über sein albernes Deutschtum, und diese Selbstverspottung tat dem Eifernden gut. Er vergaß darüber das Wehgefühl, daß das Mädchen, welches einmal seinen Namen tragen sollte, in der Heimat noch immer eine Fremde war. Er mußte Nachsicht üben, Geduld haben, um welche sie selbst ihn gebeten hatte ...

Sie erhob sich, wollte den Brief später beenden. Jetzt freute sie sich, daß er da sei, ihr »guter Vetter Wolf«. Hätte sie doch gesagt: »Ihr lieber Vetter Wolf.« Sie bat ihn: »Bleiben wir im Garten. Im Hause ist's so dumpfig und dunkel. Du glaubst nicht, wie es auf mir lastet. Ich erschrecke selbst über mich. Dort war alles Heiterkeit, und hier ist es – Tröstlich ist hier nur unser guter geistlicher Herr und jeden Morgen das heilige Meßamt. Es ist doch etwas Wundersames um unsre Kirche. Sie schlingt um alle, die zu ihr gehören, ein Band über Länder und Meere. Da du ein Sankt Georgsritter bist, wirst du das gewiß besonders stark empfinden?«

Der Befragte entgegnete gelassen: »Ich bin ein guter Katholik. Vielmehr, ein guter Christ. Wenigstens strebe ich danach, es zu sein. ›Edel sei der Mensch, hilfreich und gut.‹ Mir ist, als läge in der möglichen Erfüllung dieses Dichterworts eine Weltreligion. Mehr, als mit allen Kräften sich bemühen, edel, hilfreich und gut zu sein, kann der Mensch nicht. Der Spruch sollte von Christen und Heiden jeden Morgen und Abend als Gebet gesprochen werden, die Menschheit wäre alsdann gewiß eine andre und bessere. Ich kenne deine Franzosen viel zu wenig, weiß daher nicht, ob einer ihrer großen Dichter ein ähnlich heiliges Wort gesprochen hat wie Goethe. Du mußt es wissen.«

»Ein heiliges Wort? Aber Vetter!«

»Ein hehres, heiliges Wort.«

»Und die Sakramente? Du beichtest doch regelmäßig und empfängst die heilige Kommunion?«

Der Freiherr zögerte mit der Antwort. Aber nur einen Augenblick. Dann sagte er mit dem ihm natürlichen Freimut: »Siehst du, liebe Ika, mit mir ist es so: wenn ich mich mühselig und beladen fühle oder wenn ich glaube, ein Unrecht begangen zu haben, so beichte ich meinem Herrgott unmittelbar. Ich beichte ihm nicht im Kämmerlein, sondern in seiner Gotteswelt. Ich streife durch die tiefsten Wälder und versuche das Leid in mir in der Einsamkeit zu bekämpfen; ich steige auf die höchsten Gipfel der Berge und ringe mit dem, was in mir von Übel ist; ringe es dort oben in Sonnennähe nieder, so gut es mir schwachem Menschen gelingt. Bei Sturm und Regen, bei Schnee und Frost – Mir ist die Natur immer ein Tempel, in dem ich anbete und die Gottheit demütig verehre. Im übrigen, da du danach fragst, erfülle ich die Pflichten unsrer Kirche, wie es mir geziemt, als guter Katholik sowohl, wie als Beispiel für meine Gemeinde. Aber die Natur bleibt darum doch für mich der Gottheit Allerheiligstes. Möchtest du das verstehen!« Schweigend ging sie mit ihm ins Haus, welches ihr Elternhaus war, und das sie als dunkel und dumpfig empfand: sie, die nach Licht und Lebensfreude sich sehnte.

6

Einem Sommer, der in jenem Teile des Deutschen Reichs Scheuern des Landmanns mit Getreide, dem täglichen Brot der Menschen, füllte, folgte ein strahlender Herbst. Auf den Wiesen blühten violette und blaue Federgenzianen und an feuchten Stellen entstanden die Beete der Zeitlosen, diese zartesten Blüten des Jahres, die das Nahen des Winters ankündigten, so wie der Krokus die Botschaft bringt, Mutter Erde sei vom Wintertode erstanden.

Purpurfarbene, scharlachrote, goldfarbene Laubfluten stürzten sich die Hügelwellen der Vorberge nieder und hüllten sie in Königsfarbe. Aus dem Dunkel der Tannen schlugen die Flammen der Lärchenbäume gleich lodernden Fanalen empor; über den bunten Wäldern umglänzte Neuschnee die Gipfel. Sie entbrannten im Morgenrot und der Sonnenuntergang entzündete sie aufs neue.

Von den Alpen wurde das Vieh abgetrieben. Diejenigen Herden, denen kein Unglück widerfahren, glichen geschmückten Opferzügen. Leitkuh und Stier trugen vergoldete Masken und schritten hochmütig voraus. Immergrünes Alpenrosenkraut, mit Rosetten aus buntgefärbten Holzspänen verziert, kränzte das Jungvieh, und kleine Tännchen, glitzernd von Schaumgold, waren zwischen den Hörnern befestigt. Trotz des hellen Glockengeläuts war es ein wehmütiges Fest: Abschied vom Sommer, Heimkehr in die Ställe. Wenn auch die Herden bis zum Eintritt des Frosts die Wiesen abweideten, war die Heimkehr doch traurig. Denn es ward Winter.

Dichte Nebel hüllten jede Höhe, füllten jede Tiefe. Sie wälzten sich durch die Schluchten, wallten auf und ab, lagerten schwer über dem Lande. Unmöglich konnte der Himmel je wieder blau werden, die Sonne je wieder scheinen. Unmöglich konnte je wieder Frühling sein, der Mensch je wieder in heller Lebensfreude sein Glück hinausjubeln in eine leuchtende Welt…

Über den Freiherrn hatte der graue Nebelgeist freilich keine Macht. Er besaß dagegen einen Talisman: die Arbeit! Es gab mehr zu tun, als er bewältigen konnte. Besonders in den Wäldern, die um diese Jahreszeit durchforstet werden mußten, durften ohne seine Erlaubnis seine Beamten keine Tanne fällen. Zur Arbeit gesellte sich die Lust des Jägers. Die Hirsche schrien; Rehbock und Gems wurde nachgestiegen, Dachs und Fuchs wurden erlegt.

Trübe aber war's im Seehof. Schier gespenstisch erhob sich das graue Gemäuer aus einer Nebelflut, unter dem von Gewölk umbrauten Gebirge. So währte es Wochen und Wochen.

Eigentlich sollte die Familie nach München übersiedeln und ihr Palais in der Brienner Straße beziehen. Eigentlich hätte die Komtesse den Majestäten vorgestellt und in die Welt eingeführt werden müssen. Aber das alte Haus war so behaglich durchwärmt, die Köchin des Seehofs eine solche Meisterin ländlicher Kochkunst, der echt oberbayrischen, fetten, die Übersiedlung so mühsam, ebenso die Vorstellung bei Hof, das Einschreiben und die Audienzen bei den Prinzessinnen, die Besuche bei Verwandten und Bekannten, die Diners und Soupers, die Abendempfänge. Und erst die Bälle! Die Eltern mußten das Töchterlein auf Bälle führen, mußten selbst Empfänge veranstalten, selbst Bälle geben, eine Aussicht, die den beiden Behaglichen allen Appetit verdarb. Schließlich war es auch nächsten Winter immer noch Zeit genug, um die Heimgekehrte auszuführen.

Das Töchterlein war nun zwar eine ausgewachsene junge Dame, hoch und schlank, fein und schön, für den Vetter Freiherrn auf seinem Bergschloß eigentlich viel zu fein – wie Hanns Wolfram bisweilen selbst denken mußte. Nur daß seine Liebe kraftvoll genug war, zu hoffen, einst auch die viel zu Feine sich zu eigen zu machen. Die Zeit, wo sie sein Bräutchen werden würde, mußte sicher kommen, gerade so sicher, wie es wieder Frühling werden mußte.

Inzwischen las Scholastika in ihrem Kinderzimmer französische Romane, schrieb französische Briefe und empfing solche. Jeden Tag schrieb sie an die Herzensfreundin in Paris, an die kleine entzückende anmutige Yvonne d'Yvray. Die Briefe von dieser waren weniger häufig: war doch das Fräulein in die Pariser Welt eingeführt worden, in die große Welt von Paris! Was das hieß, davon konnte sich die Entfernte keinen Begriff machen, die Gute, Liebe, Arme! Yvonne bemühte sich, der in Verbannung Lebenden von der Herrlichkeit der Hauptstadt Frankreichs, die der Welt die Kultur geschenkt, einen Begriff zu geben. Es funkelte und flimmerte in den Briefen aus

Paris, daß es die Augen der Einsamen blendete, Augen und Seele! Es war ein Schillern und Schimmern, ein Glanz und eine Glorie, daß die Empfängerin solcher Schilderungen die Augen schloß, um die Nebelfluten um sie her, die Dunkelheit und Öde des Hauses nicht sehen zu müssen. Schlimm genug, daß sie sie fühlte.

Paris, das Leben in Paris. Es war – eben Leben! Wonne des Lebens war's! Der Mensch, der in Paris lebte, wurde nicht erst nach seinem Tode selig; hatte er doch schon im Leben alle Glückseligkeiten genossen.

Man machte Yvonne den Hof. Die Freundin in Deutschland konnte sich nicht vorstellen, mit welcher Leidenschaftlichkeit ihr der Hof gemacht wurde und wie entzückend das war, sich den Hof machen zu lassen. In dieser Kunst waren die Pariser Meister. Meister in der Galanterie waren sie überhaupt. Von welcher Eleganz und Grazie sie waren, von welcher Unwiderstehlichkeit! Wie sollte Yvonne dem »Liebling« – das war Scholastikas Kosename – davon eine Vorstellung geben? Sie mußte es selbst erleben. Da war der Graf Soundso, der Marquis X., der Herr von V. und noch viele andre, die Yvonne d'Yvray umschwärmten wie Falter eine Blume. Bis vor kurzem war diese noch Knospe gewesen. In der Pariser Sonne, unter den Strahlen des Pariser Lebens, hatte sich die Knospe erschlossen, gleichsam über Nacht zur Blüte entfaltet, zur vollen, duftenden.

Jeder der eleganten und – ach! so galanten Herren wurde dem Liebling genau beschrieben. Da war besonders einer, der Bezauberndste, Berückendste, Unwiderstehlichste von allen. Dabei von einer Eleganz – Wäre der junge Herr aus Troja, welcher seinerzeit der Venus den Apfel reichte und dem als Lohn die Schönste der Schönen sich neigte, ein Pariser gewesen, so hätte die gute liebe arme Scholastika von jenem einen sich ein Bild machen können. Sie sollte sich Held Paris in Gottes Namen als geborenen Pariser vorstellen. Vielleicht, daß das Bild der Wirklichkeit nahekam.

Dieser Eine und Einzige hieß Honoré Charles Graf von Roquebrune und war ein leiblicher Neffe des Fürsten von Monaco; stammte daher gleichfalls aus dem Hause der Grimaldi. Ob die gute liebe arme Scholastika wisse, was es bedeute, aus dem Hause der Grimaldi zu stammen? Da sie davon sicher keine Ahnung besaß, sollte sie im Konversationslexikon nachschlagen. Inzwischen möge sie erfahren, daß es darum etwas Großes sei, einen Grimaldi zum Ahnherrn zu haben. Was nun den Grafen von Roquebrune betreffe, so müsse der Liebling ihn kennen lernen, um zu verstehen – Seine Unwiderstehlichkeit nämlich.

Und wahrhaftig! Gehorsam begab sich Scholastika in die Bibliothek, dem trübseligsten Raum im Seehof, von dem jetzt lebenden Geschlecht kaum jemals betreten, um bewußtes Lexikon zu suchen. Sie fand auch eine Reihe verstaubter Bände: Pierers Universallexikon, erste Auflage. Sie nahm den Band dreizehn: »Metternich – Ostindien« und las in der Geschichte des Fürstentums Monaco: »Kaiser Otto der Erste soll im Jahre 968 das Fürstentum Monaco zugunsten der Familie Grimaldi gegründet haben.«

Jetzt war sie belehrt. Also bereits im zehnten Jahrhundert gab es ein Haus der Grimaldi, und aus diesem Hause stammte der Unwiderstehliche, Honoré Charles mit Namen. Das Lexikon besagte ferner: Honoré sei ein Familienname der Grimaldi. Die Begeisterung, mit welcher die Freundin von diesem einen Honoré sprach, ließ darauf schließen, daß Yvonne in nicht allzu ferner Zeit Gräfin von Roquebrune werden würde, dann auch sie ein Mitglied des Hauses der Grimaldi!

Nicht ohne leise Wehmut wünschte Scholastika der geliebten Freundin schon jetzt alles erdenkliche Glück: diese selbst würde ihr dann wohl verloren sein. Einige Zeit würde man sich noch schreiben, allmählich weniger und weniger, bis schließlich – eben der Schluß kam. So war es das Gewöhnliche.

Und ihre eigene Zukunft?

Grau, wie draußen der Nebeltag, lag sie vor dem jungen Mädchen. Dabei fühlte sie einen unwiderstehlichen Drang nach Leben und Lebensfreude. War das ihre Schuld? Gewiß. Also beichtete sie ihre Schuld dem guten geistlichen Herrn, der sie frei von Schuld sprach. Dennoch fühlte sie sich nicht befreit und büßte im geheimen dafür.

Was war bisher ihr Leben gewesen?

Eine kurze Kinderzeit im Elternhause, eine strenge Klostererziehung, der die Jahre in Brüssel folgten: Jahre, die sie lehrten, daß das Leben lachen und leuchten kann. Nach der Rückkehr in das ihr fremd gewordene Elternhaus, in die ihr fremd gewordene Heimat, schien ihr das Lachen des Lebens verstummt, sein Leuchten erloschen. Daß es ihr so schien, fühlte sie als Schuld. Und als Schuld fühlte sie ihre Sehnsucht nach etwas Fernem, Lockendem, Leuchtendem.

Vetter Hanns Wolfram –

Als sie noch ein Kind und er ein großer Junge war, hatte er sie, halb im Spiel, sein Bräutlein genannt. Aus dem Spiel ward Ernst, aus der Liebe des Jünglings die Liebe des Mannes, der ein guter Mensch war. Das fühlte sie, und dennoch –

Auch dieser Schuld: daß sie den guten Menschen nicht wieder liebte, klagte sie sich an.

7

So kam es denn auch.

Bereits im Dezember erhielt Scholastika aus Paris die Verlobungsanzeige ihrer Freundin Yvonne d'Yvray mit dem Grafen Honoré Charles von Roquebrune. Schon im Februar sollte die Vermählung stattfinden.

Die Verlobte schrieb: »Du kommst doch? Du mußt kommen! Du mußt mein Glück mit eigenen Augen sehen. Mein Glück? Meine Seligkeit! Du mußt ihn kennen lernen: Ihn! Er wird Dich bewundern, in Deiner goldblonden Schönheit, mit Deiner alabasterweißen Haut, Deinen azurblauen, abgrundtiefen Strahlenaugen, Deiner Königinhaltung. Und Du, ach, und Du! Du wirst Dich sterblich in ihn verlieben. Ich schwöre Dir, nicht eifersüchtig zu sein, Dir das Glück zu gönnen, ihn unglücklich lieben zu dürfen. Denn auch das ist Glück! Und dieser Mann gehört mir! Fühlst Du, was das heißt? ... Und Du mußt kommen, um meine Ausstattung zu sehen. Sie wird die einer königlichen Prinzessin sein. Ich vergaß, wie viele junge Arbeiterinnen auf die Silbergaze meines Brautkleides Gewinde blühender Orangen sticken, Zweige blühender Orangen auf meinen Schleier, in den ich eingehüllt werden soll wie eine Himmelsbraut. Eine solche bin ich: gehe ich doch ein in den Himmel aller irdischen Seligkeit. Ich werde eine Gestalt sein wie aus einem Traumbild Maeterlincks. Maeterlinck – Ach, weißt Du noch? Erstklassige Künstler entwerfen die Zeichnungen meiner Kostüme: Morgengewänder, Mäntel, kleine und große Toiletten. Jeden Tag drängen sich zu Hause Modistinnen, Möbelhändler, Antiquare; ich weiß nicht, was alles. Wir werden hier ein kleines wonniges Gartenpalais beziehen, erbaut von irgendeinem der galanten Könige des goldenen Frankreichs für eine seiner Freundinnen. Ein Liebesnest also. Welche Erinnerungen! Meine Eltern und Verwandten sind stolz, meine Freundinnen beneiden mich: mache ich doch eine der größten Partien des Landes, und das mit noch nicht achtzehn Jahren! Ich muß also wirklich reizend sein. Wenigstens behauptet er, daß ich reizend sei. Bei meiner Vermählung werde ich Smaragden tragen, mit denen jener galante König seine Freundin hätte schmücken können. Sie sind sein Geschenk. Einer der Trauzeugen wird sein Oheim, der Fürst von Monaco sein, und die Gäste – Ich werde für Dich eine Liste der Gäste aufsetzen lassen. Du wirst staunen! ... Also, Du kommst? Du mußt kommen, schon um Deinetwillen: um Dich sterblich in ihn zu verlieben, um Dich von ihm berauschen zu lassen. Das ist das rechte Wort: er berauscht! Seine Grazie und seine Eleganz sind einzig. Du solltest ihn im Frack sehen: der moderne Paris. Da er aus dem Süden ist, so hat er eine Haut wie Goldbronze leuchtend. Dabei blaue Augen, wie – Du sie hast. Stelle Dir vor: azurblaue Augen und rabenschwarzes Haar zu dieser Haut! Und Lippen – Liebling, Deine Yvonne wird von diesen Lippen das Leben trinken ... Ich kann nicht mehr. Verzeih, wenn ich Dich über ihn zu vergessen scheine. Ich liebe Dich. Aber – Du verstehst. Von jetzt an gehöre ich ihm. Schrieb ich Dir, daß wir unsern Honigmond in Monaco verleben sollen? Im Schlosse seines Oheims, des Fürsten, im Hause der Grimaldi! Du erinnerst Dich doch? Wir werden einen ganzen Flügel des Schlosses bewohnen. Monte Carlo zu unsern Füßen. Himmlisch! Im Himmel ist schon jetzt Deine Yvonne!«

PS. Ich erzählte ihm von Dir. Ich mußte ihm Dich schildern in Deiner stolzen germanischen Schönheit, die so ganz anders ist als die meine. Du bist überhaupt so ganz anders als die Pariserinnen. Er fragte, ob Du blond seist? Von welchem Blond? Ich sagte ihm: Tizianisch blond. Er wollte mehr und mehr von Dir wissen: ob Du schon einmal verliebt warst? Wie abscheulich indiskret! Als er immer wieder von Dir sprach, tat ich entsetzlich eifersüchtig. Da lachte er. Du mußt ihn lachen hören. Solch Lachen muß ein junger Griechengott gehabt haben: Mars, als er in den Armen der Venus lag. Aber davon darfst Du nichts wissen, noch nicht! Ich drohte ihm, ich würde Dich aus Eifersucht wieder ausladen. Nun läßt er Dich bitten. Er läßt Dir sagen – Doch das verrate ich nicht. Es ist gar zu unartig gegen mich, also gar zu reizend für Dich. Ach, Liebling, er soll vor mir schon viele Frauen geliebt haben. Vielmehr viele Frauen haben ihn schon geliebt. Das ist natürlich etwas sehr andres. Aber auch das ist berauschend, von einem Mann geliebt zu werden, welcher – Du verstehst! Nein, Du verstehst nicht. Denn was weiß Deine schwanenweiße Unschuld davon? Du fragst, was ich davon wüßte? Eine Woche in Paris und – Es sind das die Geheimnisse von Paris, in die ich eingeweiht sein werde, sobald ich eine Frau bin. Ich ahne sie bereits. Es ist schrecklich, fürchterlich; ist betäubend, berauschend. Jetzt kann ich wahrhaftig nicht mehr ...Komm, Liebling, komm! Er wird Dich wundervoll finden, wird Dir zu Füßen liegen und es wird nicht eifersüchtig sein Deine glückselige kleine Yvonne.«

Scholastika las und las wieder. Darauf saß sie mit geschlossenen Augen. So blieb sie lange.

Wie in einem Kaleidoskop winzige bunte Splitter zu einem Strahlenbündel zusammenschießen und immer neue Gebilde zaubern, so geschah es ihr mit den Gestalten, die das Schreiben der glückselig Verlobten an ihrem inneren Auge vorüberziehen ließ. Sie sah die Freundin in ihrer bestrickenden Schönheit, ihrer fast überzarten Gestalt, mit ihrem reizenden Lächeln, ihrer beweglichen Anmut, ihrer siegreichen Heiterkeit.

Welche bezaubernde Braut würde sie sein in dem Gewande aus Silbergaze mit den gestickten Orangenblüten und dem feierlichen Schleier, der das liebliche Antlitz so nonnenhaft fromm umhüllte, als würde die Geschmückte einem Opfer geweiht.

Das ward sie auch: dem Opferdienst des liebenden Weibes für den geliebten Mann. Er war ein Mann, der die Frauen berauschte, der bereits von vielen Frauen geliebt worden war. Denn dieses Paris –

Doch davon wußte Scholastika nichts, trotz aller Romane, die in der vornehmen Brüsseler Bildungsanstalt unter den Zöglingen heimlich umliefen und heimlich gelesen wurden.

Zur Hochzeit sollte sie kommen. Sie sollte den Mann kennen lernen, in den sie sich sterblich verlieben würde.

Sie sich verlieben? In den Gatten der Freundin! Und diese würde nicht eifersüchtig sein –

Sein Gesicht hatte die Farbe alter Goldbronze. Dazu das schwarze Haar des Südländers. Seine Augen aber glichen den ihren. Er hatte nach der Farbe ihres Haares gefragt und wollte mehr und mehr von ihr wissen: ob sie schon einmal verliebt gewesen? Wie hätte sie das sollen? Etwa als Kind in Vetter Wolf?

Schön sollte sie sein? Niemals hatte sie darüber nachgedacht, daß sie schön sein könnte...

Scholastika öffnete die Augen. Unter ihr lag die graue regungslose Nebelflut, vor ihr das blauumdunstete winterliche Hochgebirge. Und wie trübselig ihr Zimmer mit den dunkelgetäfelten Wänden und den altehrwürdigen Gerätschaften. Die Photographie der Freundin in silbernem Rahmen auf dem Schreibtisch war das einzig Leuchtende.

Sie betrachtete das Bild.

Reizend war sie! Schon vor ihrer Brautschaft ganz Lächeln und Glanz. Wie würde sie erst sein, wenn sie ihm gehörte.

Die alte Zenz trat ins Zimmer. Als die Wärterin der Gräfin Mutter war sie mit dieser auf den Seehof gekommen, war Wärterin des Töchterleins geworden und gegenwärtig zur Kammerfrau der jungen Dame vorgerückt. Die Zenz war alt und grau und sie war treu wie Gold. Sie sagte: »Komteßchen, der Vetter Freiherr ist unten. Ich soll dich rufen. Er bleibt zum Abendbrot. Das ist ein Herr, der Vetter Freiherr! Bei dem hat es eine Frau einmal gut! Solche liebe schöne Frau, wie du eine sein wirst. Jetzt weißt du's nur noch nicht. Aber der Tag wird kommen, an dem du es wissen wirst. An diesem Tag wirst du denken, daß deine alte Zenz recht gehabt hat, und dieser Tag soll ein gesegneter sein ...Jetzt komm nur. Du brauchst dich nicht erst schön zu machen. Für ihn bist du die Allerschönste. Die liebe Gottesmutter und die guten Heiligen mögen dich in ihren Schutz nehmen und dich behüten heute und alle Zeit...Weswegen ist mein Komteßchen heute so blaß?«

»Ich habe Kopfweh. Sage das unten. Sage, ich möchte oben bleiben.«

»Das werde ich gewiß nicht sagen. Ich weiß, warum du so blaß bist: du hast heute wieder einen Brief aus dem schlechten Frankreich bekommen. Als mir der Schorschl heute den Brief für dich gab, sagte er: ›Da ist schon wieder einer aus Frankreich!‹ Er kennt es von damals, als die Deutschen die Franzosen geschlagen haben. Und wie geschlagen! Er war in der Schlacht von Sedan und half den Kaiser Napoleon gefangen nehmen. Er kämpfte bei einem Dorf, welches ganz im Feuer stand, und sah mit eigenen Augen, wie die Franzosen verwundete Bayern in die Flammen warfen. Auch die Weiber taten mit bei dem Mordwerk. Da packte es den Schorschl, wie es den heiligen Georg gepackt hat, als er den Drachen schlug. Auch der Schorschl schlug tot, was er totschlagen konnte. Hernach ging er noch weiter ins Land Frankreich hinein, bis nach Paris. Aber die Franzosen, Männer und Weiber, haben, wo sie nur konnten, die Bayern hinterrücks erschossen. So sind die Franzosen, sagt der Schorschl. Und er sagt, nach Paris schreibt unsre Komtesse jeden Tag. Wir Bayern sind unsrer Komtesse nicht fein genug. Und so denken auf dem Seehof wir alten Leute alle, die schon deinen Großeltern gedient haben. Wir sind traurig über unser Komteßchen, weil es gar nicht mehr zu uns gehört. Einmal muß ich dir's sagen. Ich habe dich auf meinen Armen und an meinem Herzen getragen, bin also die Nächste dazu ... Jetzt bist du mir böse. Aber der Tag wird kommen, an dem du mir recht geben wirst. Und jetzt geh' ich und sage der gnädigen Frau Gräfin, du kämest gleich herunter. Denn du bist nicht nur unser schönes, sondern auch unser liebes gutes Komteßchen.«

Scholastika berichtete ihren Eltern von der Verlobung der Freundin und deren Einladung zur Hochzeit kein Wort, wie sie auch von allem andern, was sie bewegte, schwieg. Wer hätte sie verstanden? Der Einladung nach Paris hätte sie auf keinen Fall Folge geleistet, selbst wenn ihr die Reise gestattet worden wäre. Yvonne lud sie ein, den Glanz der Feier mitzuerleben, und erlaubte ihr nebenbei herablassend, sich in den Grafen zu verlieben. So mischte sich denn in ihre Antwort auf das liebeselige Schreiben der Braut bei aller zärtlichen Teilnahme unwillkürlich ein herber Ton. Als sie der Zenz den Brief übergab, sagte sie: »Hier ist ein Brief nach Paris. Dem Schorschl lasse ich bedeuten: ich sei über meine Korrespondenz meine eigene Herrin. Es schickt sich für einen Diener nicht, über seine Herrschaft irgend welche Bemerkung zu machen. Ich könnte das deinem Freunde selbst sagen. Da du es jedoch warst, die mir seine törichten Reden überbrachte, so magst du ihm meinen Auftrag ausrichten. Er gilt auch dir.«

Die Zenz sah ihrer Herrin steif ins Gesicht, machte einen steifen Knicks, nannte sie fortan nie mehr Komteßchen, sondern nur noch Fräulein Komtesse, nach deren Befehlen sie fragte. So geschah es, daß die in der Heimat fremd Gewordene auch im Elternhaus sich immer fremder fühlte.

Die Briefe aus Paris kamen nach dem ersten überschwenglichen Schreiben schon jetzt viel seltener. Überschwenglich waren sie noch immer. Aber die Neueinrichtung des Liebesnestes in dem Palais der einstmaligen Freundin des galanten Königs, die Ausstattung und die Toiletten, die Künstler, Antiquare und Modistinnen, Brautkleid und Brautschleppe, Kranz und Schleier, der Fürst von Monaco, die übrigen erlauchten Gäste – Diese und viele andre hochwichtige Dinge nahmen in den flüchtigen Schreiben der Braut einen solchen großen Raum ein, daß selbst Er in die Ecke gedrängt wurde und erst zum Schluß hervortrat, dann freilich als Krone aller Mannheit. Jeder Brief enthielt ein Postskriptum mit der Beschwörung, ja zur Hochzeit zu kommen, und der Versicherung: Charles würde entzückt sein, den Liebling mit dem Goldhaar und den Augen, die den seinen glichen, in ihrer stolzen Schönheit an dem seligsten Tag seines Lebens zu sehen.

»Selbst an diesem Tag wird er Dich bewundern. Denn eine Gestalt wie die Deine, ein Gesicht wie das Deine, kennt er nicht. Wir Pariserinnen sind viel zu zierlich, viel zu – ich finde nicht das rechte Wort, – um unter uns eine ›Bavaria‹ zu haben, als welche germanische Allegorie Du im Institut unter uns eiteln Weltdämchen so herrlich hervorragtest. Ach, Liebling, welche Zeit, als wir Schwüre ewiger Freundschaft tauschten und in himmlischer Heimlichkeit › *Les Fleurs du mal*‹ lasen. Du besitzest doch noch das kleine hübsche Exemplar, welches ich Dir bei unsrer Trennung zum ewigen Andenken schenkte? Halte es heilig, wie ich Dir meinen Treuschwur halte. Aber – Du verstehst? Er! Immer nur Er!

»Kämst Du doch, um Dich in ihn zu verlieben und meine Ausstattung zu sehen!«

Die Nebelzeit war vorüber. Scholastika sah ihre Heimat als Märchenland. Die Kette der winterlichen Hochalpen strahlte unter einem wolkenlosen tiefblauen Himmel; und Rauhreif verwandelte Baum und Busch, jede Hecke und jeden Halm in eitel Silberglanz. Jeder verdorrte Stengel trug blühende Diamanten.

Der See war gefroren und schneefrei, seine Fläche, spiegelglatt, ein einziger Smaragd, darauf die Sonnenlichter ihr funkelndes Spiel trieben. Eine Wunderwelt entstieg den grauen Schwaden der Dünste, leuchtende Erdenschönheit dem Gewölk, gleich einer Göttin, die den Tag grüßt.

Jauchzende Winterwonne war's, wenn die Burschen mit den gefällten Baumriesen auf hochbeladenem Schlitten zu Tal fuhren auf der glatten, glanzvollen Bahn. Es war Gefahr dabei. Gerade die Gefahr galt als lockende Lust. An Abgründen entlang ging es sausend zur Tiefe nieder. Die Felsen glichen wundersamen Kristallmauern, die Wasserfälle, im Sturze erstarrt, bildeten grüne, blaue und violette Eiskaskaden. Im Sonnenfeuer war's, als stürzten sich Fälle von Saphiren und Brillanten herab.

»Juhu! Juhu!«

Wenn die Burschen im Morgengrauen des Sonntags aus Liebchens Kammer heimkehrten, klang ihr Juhschrei nicht jauchzender als jetzt auf ihrer Fahrt zu Tal, die ihre Todesfahrt werden konnte ...

Für Hanns Wolfram war es frohe Zeit. Um die Wildfütterung kümmerte er sich selbst. Jeden Tag besuchte er die verschiedenen Futterstellen seines weiten Reviers, entweder auf Schiern oder Steigeisen. Die junge, kraftvolle Gestalt war den Tieren so wohl vertraut, daß er den stärksten Hirsch locken konnte. Wie sehr dauerte den Weidmann Reh und Gams. Sie kamen nicht zu den Futterstellen und mußten bei dem hohen Schnee elend umkommen.

Den Holzknechten schaute er bei dem Zutalbringen der im Herbst gefällten Stämme nicht etwa müßig zu, sondern bei den gefahrvollsten Stellen legte er selbst mit Hand an. Prachtvoll war's zu sehen, wie die Alpensöhne, jeder Zoll Kraft, die Hörner der Schlitten packten und mit dem ganzen Körper gegen die Lasten sich stemmten. Wenn einer der Kühnen gestrauchelt oder ausgeglitten wäre, so wäre die Ladung über Leib und Leben zur Tiefe niedergesaust. Auch eine allzu kurze Biegung konnte den Juhschrei in einen Sterbeschrei wandeln...

War des Freiherrn Tagewerk getan, so saß er und las die Bücher großer Geschichtschreiber und Dichter. Im Kamin brannten die Buchenscheite, mächtige Kloben, wie solche bereits den Ahnen zur Winterszeit behagliche Wärme gespendet. Gleich roten und blauen Wunderblumen züngelten die Flammen auf, oder die Holzstücke fielen verglühend in sich zusammen, Funken sprühend. Sie mochten vor die Seele des Einsamen allerlei Gebilde zaubern; denn unverwandt starrte er in das funkelnde Spiel. Vielleicht gedachte er einer Zeit, die ihm des Himmels schönste Tochter: Erfüllung, bringen sollte, mit ihr zugleich die Hausfrau. Dann sollten womöglich noch fleißigere Tage, sollte noch tüchtigeres Schaffen kommen. Doch dann keine einsamen Abende mehr, dann auch für ihn glückliche Zeit! Und wenn er dann wirken und werken durfte für Weib und Kind –

Das Herz schlug ihm heiß, die Brust wurde ihm weit. Er sprang auf, zog am Fenster den Vorhang auseinander, öffnete die mit Kristallblumen bedeckten Scheiben, schaute hinaus.

Da stiegen sie über dem Haus seiner Väter auf: die Alpen, ein langer Zug gekrönter Felsenhäupter, statt des Purpurmantels von Silberglanz umhüllt. Unter ihm erstreckte sich sein Eigentum, und vom Dorf grüßten erleuchtete Fenster zu ihm auf. Wie traulich und heimlich! Dort hinten aber, jene waldige Hügelkette – Herz, halte fest, Herz, bleibe stark! Der Tag wird kommen, an dem du nicht mehr zu beneiden brauchst: nicht mehr beneiden den Bauer und Taglöhner, der dort unten bei dem traulichen Lichtschein von der Arbeit ausruht, um ihn her Weib und Kind...

Und Hanns Wolfram sprach zu sich selbst: »Heimat, Heimat, du bist das Heiligste, das sich dem offenbart, der reinen Herzens in dir lebt. Heimat, Heimat, lehre auch die Geliebte erkennen, was es heißt, ein Kind deutscher Erde zu sein. Lehre sie die Scholle lieben, die ihr Volk trägt und ernährt. Heimat, Heimat, du Köstlichstes, was dem Menschen gegeben ward –. Wer sich als Kind seiner Heimat fühlt, ist geweiht und gefeit; denn in der Liebe zur Heimat liegt ein Segen, wie ihn der Sohn von Mutterhänden empfängt.

»So grüße ich denn dich, du Geliebte, mit dem Heimatgruß: Behüt dich Gott! Er senke dir die Liebe zur Heimat ins Herz. Dann wirst du auch mich lieben.

»Erst dann!«

Yvonne d'Yvray war Gräfin von Roquebrune geworden und hatte es ertragen, daß der Liebling weder die Pracht ihrer Ausstattung bestaunt, noch den Glanz der Vermählung gesehen, mit dem regierenden Fürsten von Monaco als Trauzeugen. Im Geist war Scholastika bei dem großen Ereignis so ganz zugegen gewesen, daß sie die Feier in Paris, die Abreise des jungen Paares, seine Ankunft im Hause der Grimaldi miterlebt hatte. Aus ihrem Traumzustand erwachend, fand sie sich wieder in dem trübseligen Seehof, schaute sie das öde Winterland, fühlte sie den Druck der Einsamkeit, die wie eine eisige Hand in ihr junges, heißblütiges Leben griff.

Überraschend bald kam von der Neuvermählten ein Schreiben: sie sollte an die Riviera kommen, sollte mit dem jungen Paar den Winterfrühling an der Côte d'Azur genießen; sollte in dem Hause der Grimaldi glücklich sein mit den Glücklichen.

Scholastika erschrak. Die Einladung nach Paris zur Vermählung hatte sie ohne Kampf abgelehnt. Aber das stolze Schloß auf hohem Fels über dem Meere des Südens, von einem Garten Eden umgeben, in dem die beiden jungen schönen Menschen wie auf einer Insel der Seligen lebten und sie mit ihnen – Es war ein Gedanke, von dem sie sich nicht losreißen konnte. Immerhin widerstand sie auch dieser Lockung.

Nun kam von Yvonne ein Brief, dem der junge Ehemann einige bittende Worte beigefügt hatte. Nur ein Mann von höchster Kultur konnte einer Dame so schreiben: so fein und zart! Solche Zartheit war überhaupt nur in Frankreich möglich.

Auf diesen Brief gab Scholastika keine Antwort ... Da schrieb Yvonne an die gute Gräfin, die »verehrte Mutter« des Lieblings anflehend, ihrer Tochter die Reise an die Riviera nicht nur zu gestatten, sondern sie dazu zu veranlassen.

»Ihre Tochter erwarten offene Arme und offene Herzen. Die liebe Scholastika will es nicht zugeben, aber durch ihre Briefe weht ein Hauch von Schwermut. Es ist nur ein Hauch; aber immerhin – Die Sonne dieses Landes der Wonne, meine zärtliche Liebe und unser hochzeitliches Glück sollen ihr ins Herz leuchten. Wir bitten Sie, helfen Sie uns, unser Glück voll zu machen, und senden Sie uns die Freundin, die es mit uns teilen soll. Die gütige Hand, die mir als Antwort gewiß ein großmütiges ›Ja‹ schreibt, küßt voll ehrerbietiger Dankbarkeit Yvonne Gräfin von Roquebrune.«

Als auf rosafarbenem, silberumrandetem Billettpapier, mit der Krone über den silbernen Initialen, dieses Schreiben auf dem Seehof eintraf, war zufällig der Hausarzt anwesend. Der vortreffliche Mann hatte geholfen, Scholastika auf die Welt zu bringen; hatte dem schönen Mädchen eine väterliche Neigung bewahrt, war der Familie nicht nur Arzt, sondern auch Freund. Er hatte das »Komteßchen« beobachtet, hatte jenen Hauch von Schwermut gleichfalls bemerkt, besaß dafür Verständnis und war auch sonst nicht ohne Sorge. Die gute Gräfin gab dem bewährten Manne das Billett der Dame aus Monaco zu lesen, indem sie mit ihrem liebenswürdigsten Lächeln darüber ihre Meinung abgab: »Scholastika an die Riviera! Welche Idee! Niemand von unsrer Familie hat bisher solche weite und unbequeme Reise gemacht. Auch soll dieses Monaco ein entsetzlicher Ort sein, für ein junges Mädchen aus guter Familie ganz unmöglich. Das werde ich der Gräfin antworten. Und dann: Neuvermählte während ihres Honigmonds einen Gast! Freilich diese Franzosen –«

Der Arzt sagte: »Antworten Sie das nicht.«

»Nicht?«

»Es wäre für Scholastika gut, die Einladung anzunehmen.«

»Aber Hofrat!«

»Das Kind gefällt mir nicht. Als Arzt möchte ich ihr Sonne verschreiben, als Freund Zerstreuung gönnen.«

»Zerstreuung? Scholastika und Zerstreuung? Wie kommen Sie darauf?«

»Längst wollte ich mit Ihnen darüber sprechen, Frau Gräfin.«

»Über Scholastika?«

»Sie fühlt sich hier fremd und einsam.«

»Sie ist hier zu Hause.«

»Immerhin. Sie hätten für den Winter eben doch nach München übersiedeln sollen.«

»Wir gehen nächsten Winter nach München, für uns unbequem genug. Aber um Scholastikas willen – Fremd und einsam? Dabei kam sie soeben erst nach Hause.«

»Aus Brüssel geradewegs auf den Seehof, als einzigen Jugendgenossen ihren Vetter, der sich fernhält.«

»Leider. Es bekümmert uns genug. Wir verstehen es gar nicht. Wir hoffen so sehr – Es ist unser höchster Wunsch. Und auch er. Er liebt sie ja doch seit ihrer Kindheit. Und jetzt? Sie ist freilich gar nicht nett zu ihm und er viel zu stolz, um es sich anmerken zu lassen. Wir sind darüber sehr traurig. Was sollen wir tun?«

»Scholastika reisen lassen.«

»Um sich zu zerstreuen, wie Sie sagten?«

»Vielleicht auch aus einem andern Grund.«

»Sie tun so geheimnisvoll.«

»Vielleicht, daß sie dort manches erkennen lernt.«

»Aber Hofrat! Was sollte sie dort erkennen?«

»Gewisse Gegensätze. Die Komtesse ist ein viel zu ernsthafter Mensch, um die Dinge nicht nach ihrem wahren Wert zu schätzen, sobald sie sich zur Einsicht durchrang. Ein Durchringen wird es sie freilich kosten. Vielleicht sogar ein recht schmerzliches. Aber das tut nichts, sie kann es ertragen. Auch muß sie mit ihrer Sehnsucht fertig werden. Das kann sie dort unten am allerbesten, und das gerade, weil es ein solcher entsetzlicher Ort ist, wie Gräfin es nannten. Im übrigen liebt sie ihre Freundin leidenschaftlich, ist dort also gut aufgehoben. Darum wiederhole ich: Lassen Sie die Komtesse reisen.«

»Ich verstehe Sie ganz und gar nicht … Sie bleiben doch zu Mittag? Es gibt Ihr Leibgericht: gekochten Indian mit holländischer Soße, Knödeln und Blumenkohl … Scholastika an die Riviera! Aber wenn wir es ihr auch erlaubten, könnten wir sie unmöglich allein reisen lassen. Das müssen Sie einsehen?«

»Das sehe ich ein. Aber –«

»Sie wollen doch nicht etwa sagen, ich soll sie begleiten? Verlangen Sie das nicht von mir.«

»Gewiß nicht.«

»Also!«

»Ihre Kammerfrau kann mit ihr gehen.«

»Die Zenz mit Scholastika an die Riviera! Jetzt seien Sie nicht ungemütlich und bleiben Sie zum Essen. Dann hat Scholastika gleich eine Zerstreuung … Nun wohl, ich werde die Sache mit meinem Mann besprechen.«

Das tat die Gräfin. Beide Guten begriffen nicht, was der Hofrat eigentlich meinte und was ihre Tochter dort unten erkennen sollte. So sehr sie sich auch die Köpfe zerbrachen, begriffen sie es nicht. Nun aber war Kopfzerbrechen nicht ihre Gewohnheit; also unterließen sie dieses Unternehmen sehr bald als völlig hoffnungslos. Die Erziehung war genau so geleitet worden, wie es das richtige war: zuerst das Kloster, dann das vornehme Fräuleininstitut, dem der Winter in München zu folgen hatte mit der Vorstellung bei Hofe, den Besuchen, den Einladungen und Bällen. Dann würde es Zerstreuung in Hülle und Fülle geben und wenn dann die Freier kamen – und sie würden sich sogleich einstellen – welche Last, welche Verantwortlichkeit für sie, die Bequemen! Es wäre daher so angenehm gewesen, wenn sich die Sache mit dem Vetter bald gemacht hätte. Dann wäre ein Münchner Winter überhaupt nicht notwendig und dadurch den Eltern alle Mühseligkeiten erspart worden. Aber das Töchterlein benahm sich seltsam fremd und kühl, sollte an Schwermut leiden, an – Sehnsucht!

Es war eben eine andre Zeit mit einer andern Jugend. Zu dieser so ganz andern Jugend sollte auch ihre Tochter gehören. »Moderne Jugend.« Was hatten nur die Leute mit dem Wort? Sie sprachen so sonderbar von einer modernen Literatur, einer modernen Kunst; von modernen Anschauungen, modernem Leben überhaupt. Auf dem Seehof wußte man von dem allem nichts, lehnte jedes Wissen als beunruhigend und unbequem ab. Was hatte die moderne Zeit und die moderne Jugend mit der Einladung der Gräfin von Roquebrune zu tun? Aber ihr alter Hausarzt riet ihnen, Scholastika unter dem sicheren Geleit der alten Zenz reisen zu lassen. Also in Gottesnamen!

Scholastika wurde gerufen. Nicht ohne Feierlichkeit erhielt sie die Mitteilung: sie dürfe die Einladung ihrer Freundin, der Gräfin von Roquebrune, annehmen, begleitet und behütet von der Zenz. Schon in einer Woche sollte sie reisen. Aber ihre Toilette? Die gute Gräfin meinte tröstend: das Kleid aus weißem Crepe de Chine sei noch so gut wie neu und als Abendtoilette noch immer hochmodern. Scholastika könne es mit weißem oder rosa Atlasband tragen, mit frischen Blumen im Haar und an der Brust. Die Sommerkleider aus hellen leichten Stoffen seien gleichfalls tadellos und dort unten sollte ja wohl das ganze Jahr über Sommer sein. Sei ein neuer Hut notwendig, was die Gräfin nicht glaube, so könne dieses Prunkstück in Nizza beschafft werden. Nur nicht in Monte Carlo. Überhaupt dieses Monte Carlo! Natürlich bleibe es ausgeschlossen, daß ein Fräulein von Stande dieses fürchterliche Monte Carlo besuche; denn dort befände sich die Spielhölle. Es sollten daselbst Dinge geschehen, sollte dort Damen geben – Der Fürst von Monaco mußte doch durch und durch ein unmoralischer Mensch sein, weil er in seinem Staat die Lasterhöhle noch immer duldete. Zum Glück befand er sich in Paris, und die Gräfin von Roquebrune als Neuvermählte und als Scholastikas geliebte Freundin gab die beste Gewähr für – Wofür wohl? Eben für die moralische Sicherheit eines Fräuleins von Stande.

Scholastika dankte ihren Eltern und – wollte nicht reisen. Sie wollte nicht! Gutmütig wurde ihr geraten, es sich einige Tage zu überlegen. Zufällig waren gerade die nächsten Tage von trostloser Nebelstimmung. Die Sehnsucht nach Sonne, Leben und Lebensfreude packte die junge Seele der Einsamen unwiderstehlich, und schließlich bat sie, der Freundin ihre Ankunft melden zu dürfen.

Nun ging es an die Vorbereitungen. Ein Paß mußte beschafft und die Toiletten mußten schließlich doch gemustert werden. Die Auswahl erwies sich als nicht sehr groß. Aber das Staatskleid aus weißem Krepp war wirklich wunderhübsch und stand dem schönen Mädchen ausgezeichnet. Dazu eine rote Rose vorgesteckt, die Perlkette der Gräfin-Mutter um den Hals, und die hohe schlanke Gestalt mußte den verwöhntesten Kenner jugendlicher Frauenschönheit entzücken.

Die Zenz als Reisebegleiterin der jungen Gräfin! Die Zenz nach Frankreich!

Unter den Schloßleuten gab es einen förmlichen Aufruhr. Was sollte aus der Zenz in dem wildfremden Lande werden? Der Schorschl begann wieder mit seinen alten Geschichten von anno dazumal aus Frankreich. Und jetzt die Zenz bei den Franzosen! Die würde etwas erleben! Der Schorschl suchte aus seinem Gedächtnis seine Sprachkenntnisse zusammen und erteilte der Zenz in aller Eile französischen Unterricht. Sie sollte den Franzmännern nur sagen: ihr Freund, der Schorschl vom Seehof, wäre bei Sedan dabei gewesen. Das würde ihr gleich Respekt verschaffen. Im übrigen würde sie mit »Bongschur« und »Merzih« auskommen.

Erst an einem der letzten Tage der Woche erfuhr Hanns Wolfram das große Ereignis.

»Weißt du schon? Scholastika reist?«

»Sie reist?«

Er fühlte etwas an seinem Herzen, etwas wie ein Zucken, wie einen Schmerz. Aber es lag nicht in seiner Art, einem Schmerz nachzugeben. Also sagte er in aller Ruhe: »Sie kam ja soeben erst nach Hause. Und eine Reise mitten im Winter?«

»Sie geht an die Riviera.«

»An die Riviera?«

»Zu ihrer Freundin, der Gräfin von Roquebrune.«

»Ach jaso! Zu ihrer Freundin, der jungen Gräfin von Roquebrune.«

»Auch der Hofrat riet dazu. Sie fühle sich hier einsam, werde hier noch ganz schwermütig.«

»Einsam im Elternhause? Schwermütig in der Heimat?«

»So sagten auch wir. Aber der Hofrat –«

»Genug, sie reist.«

»Zuerst wollte sie nicht; aber jetzt freut sie sich, jetzt ist sie glücklich.«

»Ich freue mich, daß sie glücklich ist.«

»Das liebe Kind! Willst du sie nicht aufsuchen und ihr sagen –«

»Was?«

»Daß wir alle uns freuen, sie glücklich zu sehen.«

Ausweichend wurde der guten Gräfin entgegnet: »Scholastika weiß, daß ich mich freue, wenn es ihr gut geht … Ich habe es heute übrigens eilig. Es gibt wieder Wilderer. Tolle Bursche sind's!«

»Übermorgen reist sie schon.«

»Schon übermorgen? Vielleicht komme ich auf die Bahn.«

Er ritt davon. Der Braune hatte einen bösen Tag; sein Herr mußte sein wildes wehes Herz zur Ruhe jagen.

Auf die Bahn kam er nicht. Wozu auch?

Nun überkam sie eine leidenschaftliche Freude. Fort aus der weißen Winterwelt! Fort aus Einsamkeit und öde!

Der Sonne entgegen, dem Leben entgegen!

Im Eilzug die nordische Landschaft durchfahrend, wiederholte sie immer wieder diese Worte. Sie dachte nicht an das, was sie zurückließ; dachte nur an das, was sie erwartete: eine Welt von Schönheit mit der Elfengestalt der geliebten Freundin und an deren Seite der Gemahl, der Herrlichste von allen.

»Rosenheim! Nach Kufstein umsteigen!«

Der Ruf des Schaffners galt ihr. Sie mußte nicht nur an sich selbst denken, sondern auch an ihre Begleiterin. Die Zenz saß in einem Nebenabteil, hilflos wie ein Kind. Dieses lebende Stück Heimat war für das junge Mädchen eine wahre Last; aber es war notwendig gewesen, sie mitzuführen: des Anstandes wegen.

Über den Brenner nach dem Süden!

Unmittelbar vor Genua Winterkälte und Schneesturm; dann dämmerte der Tag auf und – welches Wunder begab sich? Ein azurblaues Meer, gegen gelbe Klippen anrauschend, auf denen sich schlanke Palmen erhoben, riesenhafte Eukalyptusbäume phantastische Haine bildeten, Rosen und Geranien blühten: Bollwerke von Rosen und Geranien! Nelken und Margheriten bedeckten die Abhänge, und höher hinauf, bis zu den schönlinigen kahlen Graten und Gipfeln erstreckten sich silberig schimmernde Olivenwälder. Heliotrop und ultramarinblaue Winden stürzten sich über die Mauern, und Levkoyen waren in dieser Überfülle des Blühens das Unkraut.

An einem purpurfarbenen Himmel ging die Sonne auf, Meer, Gebirge und Land entbrannten in rosigen Gluten. Allmählich wandelten sich die Flammen des aufsteigenden Himmelsgestirns in goldigen Glanz, der über die Gipfel, über die Felsen, die Meereswogen, die Blütengefilde sich wälzte. Daß die Welt so göttlich schön war! Und in dieser Erdenherrlichkeit das junge Mädchen mit seiner Sehnsucht, die Schönheit der Welt mit klammernden Organen zu umfassen. Plötzlich mußte sie eines Entfernten gedenken, von dem sie sich seit ihren Kinderjahren geliebt wußte und dem sie nicht einmal Lebewohl gesagt hatte in ihrem dunkeln Drang nach einer andern Liebe, die es geben sollte, davon sie gelesen und geträumt. Er war nicht zur Bahn gekommen, hatte von ihr nicht Abschied genommen. Das war von ihm recht gewesen! Männlich stolz war es. Sie konnte den Vetter, aus dem ein Gatte werden sollte, nicht lieben; aber sie mußte ihn achten.

Und er?

Wie würde er ihre Flucht aus der Heimat auffassen? Denn Flucht war es. Vielleicht würde sie seine Liebe ertöten? Umso besser! Aber wie kam es, daß über den Glanz der hesperischen Gestade plötzlich ein Schatten sich legte? Freilich nur für einen Augenblick…

Immer üppiger das Blühen, immer wundersamer das Land! Weiße und bunte Villen inmitten von Hainen und Blüten. An diesen Gestaden mußte ein glückliches Geschlecht hausen. Ungleich verteilte der Himmel seine Gaben! Hier schuf er das Leben zum Genuß; hier gab es nicht des Lebens Qual. Dann also auch nicht des Lebens Irrtümer und Schuld.

Jenseits von Ventimiglia, der italienischen Grenze, in Mentone stiegen zu der Reisenden Damen ein, die nach Monte Carlo fuhren, jedenfalls um zu spielen. Es waren Französinnen, lebhaft, anmutig, elegant, eine andre Rasse. Welche entzückende Grazie in den Bewegungen, welche glückliche Leichtlebigkeit! Dazu der Wohllaut der Sprache! Darauf lauschend, erinnerte sich Scholastika irgendwo gelesen zu haben: »Die Geste der Pariserinnen ist schöner als ihre Seele, ihre Frisur duftiger als ihr Haar, ihre Bewegungen sind geschmeidiger als ihre Glieder, ihr Teint blühender als ihre Haut, ihr Lächeln reizender als ihr Mund, ihr Blick leuchtender als ihre Augen. In ihrem Haar scheinen die Blumen so natürlich zu wachsen wie auf dem Felde.«

So ging es weiter in Dithyramben über das Wunder der Schöpfung: die Pariserin. Und der Hymnus über die Sprache: diese Sprache der Salone, der Ritterlichkeit, der eleganten, der großen Welt. Diese Sprache enthielt kein rohes, kaum ein rauhes Wort. Einer Melodie gleich schlich sie sich in die Seele des Hörers, es war keine Sprache, sondern ein Rhythmus.

Auf das Geplauder der Vertreterinnen des auserwählten Volkes lauschend, gedachte Scholastika des Dialekts ihrer Heimat. Dieser hatte freilich einen andern Klang. Auch dort glich die Sprache dem Menschenschlag. Was hätten wohl diese eleganten, anmutigen Frauen gesagt, wenn sie das bayrische Volk hätten sprechen hören?

»Roquebrune!«

Scholastika las den Namen, als der Südexpreß, nachdem er unterhalb von Kap Martin einen Tunnel durchfahren, an der Station vorübersauste, und die Gestalt des Grafen von Roquebrune stand vor ihr in den glänzenden Farben, wie ihre Freundin sie gemalt. Dieses Roquebrune war die Stammstätte des stolzen Geschlechts. Dort oben, hoch über dem Meer, am gelbbraunen Fels, klebte die Ruine des Schlosses der Grafen von Roquebrune, dem Horst eines Adlers gleich. Es mochte ein Geschlecht von Raubrittern gewesen sein; immerhin war es noch heute ein großes Geschlecht, fortlebend in der Gestalt des Enkels.

Bald würde er vor ihr stehen. Wie, wenn er sie enttäuschen sollte?

Aber was hatte sie mit ihm zu schaffen? Sie kam, um die geliebte Freundin wiederzusehen. Nur deshalb! Ihr genügte, wenn der Graf höflich war, ein ritterlicher Franzose, wie alle seiner Nation ...

Monte Carlo!

Der Zug hielt. Die Französinnen stiegen aus. Jede von ihnen führte ein goldenes Täschchen bei sich, dessen Inhalt aus dem Gold für das Spiel bestand.

Laut und schrill, jede Silbe lang gedehnt, tönte die Stimme des Schaffners: »Monte Carlo!«

Der Zug entleerte sich und füllte sich wieder. Viele der letzteren Passagiere – sie befanden sich noch in Abendtoilette – waren tags zuvor von Nizza, Beaulieu und Cannes gekommen, hatten nach Schluß des Kasinos im »Cercle des Etrangers« gespielt, hatten im Hotel de Paris den Rest der Nacht verbracht und fuhren jetzt nach Hause, eine Gemeinde Genießender. Es war elegante Welt, darunter viel kosmopolitische Halbwelt, für Scholastika eine Gattung Frauen, von deren Wesen sie nichts wußte.

Lautlos setzte sich der Zug wieder in Bewegung; in wenigen Minuten würde er wieder halten; in wenigen Augenblicken war sie angelangt.

Ihr Herz pochte heftig. Sie machte sich zurecht und benachrichtigte im Nebencoupé die Zenz, die von den Eindrücken der neuen Umgebung vollständig verwirrt war und laut jammerte: »Kein Mensch spricht ein Wort Deutsch! Oberbayrisch schon gar nicht! Hätten Komtesse doch statt meiner den Schorschl mitgenommen! Der war schon bei den Franzosen, als Komtesse noch gar nicht geboren waren; der hätte ihnen gesagt, was ein Oberbayer ist und wie die Bayern dazumal die Franzosen gejagt haben ... Heilige Kathrein! Unser Seehof! Der Seehof steckt tief im Schnee und hier ist's Sommer. Die ganze Welt hat sich verkehrt.«

Scholastika stand am Fenster. In das azurblaue Meer hinausgeschoben, steil abfallend ein brauner Fels, darauf eine bunte Stadt: Monaco. Über eng gedrängten Gebäuden hoch ragend ein braunes burgartiges Schloß: das Haus des regierenden Fürsten, das Haus der Grimaldi!

Das Haus der Grimaldi verklärt von der Sonne des Südens, eine Welt schier unirdischer Schönheit.

Sie stand auf dem Bahnsteig der Bahnhofshalle, sie selbst, Yvonne d'Yvray. Nicht doch: die Gräfin von Roquebrune! In all ihrer zierlichen Holdseligkeit, in ihrem strahlenden Eheglück, ihrer ganzen Pariser Eleganz erwartete sie die Ankommende. Gleich darauf lagen sich die Freundinnen in den Armen.

»Wonnig, daß du kamst! Aber wie schön du bist! Noch viel schöner, wie ich dich im Gedächtnis hatte. Nur etwas bleich. Das kommt von deinem abscheulichen Deutschland. Es muß dort wie am Nordpol sein! Schauerlich! ... Freilich, das ist er, mein Gemahl, Geliebter, Idol, Gott! Er wollte dich durchaus mit mir empfangen. Wie er dich anstaunt! Dein goldenes Haar, deine azurblauen Augen, deine Aphroditengestalt ... Sollte ich doch eifersüchtig werden, so werdet ihr erfahren, was eine Furie ist ... Jawohl, mein schöner Herr, eine Furie in einem Kostüm von Redfern, mit einem Hut, der eine Dichtung ist.«

Solcherart wurde der Graf Scholastika vorgestellt. Er verneigte sich und sagte – Was gleich? Irgend etwas sehr Höfliches. Scholastika fühlte, daß sie errötete. Und sie fühlte – dieser Graf von Roquebrune, der berühmte Frauenfreund und Lebemann, glich nicht dem Bilde, das sie sich von ihm gemacht. Aber gewiß war er unendlich vornehm und gewiß hatte sie ähnliches an männlicher Eleganz bisher noch nicht gesehen.

Sie errötete nicht über das, was der Graf ihr Liebenswürdiges sagte, sondern darüber, wie er sie dabei ansah. Mit einem Blick –

Ein Lebemann sollte er sein? Scholastika hatte über das eigentümliche Wort viel nachgedacht; hatte sich seinen Sinn jedoch nicht klarmachen können. Nun lernte sie den Grafen kennen und plötzlich – Nein, auch jetzt erfaßte sie nicht die Bedeutung des Wortes. Sie wußte nur, wie ein Lebemann aussah: sehr vornehm, sehr elegant, eigentlich wenig anziehend mit seinem schmalen blassen Gesicht, dem müden Zug um den Mund und um die Augen, die sie mit einem Blick, der sie erröten gemacht, ansahen: sie in Augenschein nahmen.

Er sollte noch jung sein. Aber dem jungen Mädchen schien es, als ob der feine Herr niemals jung gewesen wäre; niemals so jung, wie – Vetter Wolf. Das war von ihr natürlich Einbildung. Aber daß sie diese gleich im ersten Augenblick hatte, machte auf sie starken Eindruck.

Sonst war alles traumhaft schön. Eine fürstliche Equipage und zwei Hoflakaien erwarteten die Herrschaften. Bei strahlendem Frühlingswetter fuhren sie die Felsenstraße hinan, immer mit dem Blick auf Meer und Küste, Bucht an Bucht, bis nach Bordighera hinüber, Herrlichkeit über Herrlichkeit. Die von alten hohen Bäumen eingefaßte Avenue führte in die Hauptstadt des Fürstentums und nach dem Schloß des regierenden Herrn. Vom Schloß aus übersah man eine ganze Galerie leuchtender Landschaftsbilder. Zur Linken eine unübersehbare blauende Meeresferne, zur Rechten ein gelbbraunes, steil in das wogende Azurblau abfallendes Gestade mit bunten Landhäusern, Gärten, Palmenhainen, Olivenwäldern, darüber wie ein zum Himmel auflodernder steinerner Brand eine gewaltige Felsenkuppe. Ein vielzackiges, goldig umdunstetes Gebirge schloß den Horizont ab gleich dem Prospekt einer Theaterdekoration...

Yvonne erklärte der Staunenden: »Der Fels ist der Hundskopf und das dort hinten das Esterelgebirge. Bei Sonnenaufgang soll es am schönsten sein. Ihr unbegreiflichen Deutschen steht ja wohl mit der Sonne auf und schwärmt für Natur? Dort drüben liegt Nizza, das himmlische Nizza mit der Engelsbai, der Promenade der Engländer, dem ins Meer hinausgebauten Kasino; Nizza mit seinen Wettrennen und seinem Karneval ...Näher am Gebirge Cannes, wo nur kosmopolitische Finanz, deutsche Prinzen und russische Großfürsten wohnen. Das alles mußt du sehen. Und Beaulieu mit dem Vorgebirge St. Jean, darauf der König der Belgier, der Leopold, für eine seiner vielen zärtlichen Freundinnen ein Paradies schuf. Du bist wie im Traum? Ja, es mag schön sein. Das Schloß ist mir zu sehr Mittelalter, weißt du. Die Kanonen auf der Bastei schenkte Ludwig der Vierzehnte einem Grimaldi. So entsetzlich alt sind wir: denn ich gehöre jetzt auch dazu ...Aber nun sind wir zu Hause!«

Der Wagen hielt vor dem Schloßportal, vor dem ein majestätischer Pförtner die Herrschaften empfing. Durch einen Hof mit Arkaden und Fresken begaben sie sich in den von dem jungen Ehepaar bewohnten Flügel des historischen, vielfach restaurierten Gebäudes, welches Schloß, Festung und Burg zugleich war.

Hier verabschiedete sich der Graf von seinem schönen Gast und die Gräfin geleitete den Liebling in die für Scholastika bestimmten Zimmer.

Die Freundinnen sanken sich in die Arme. Scholastika rief aus: »Daß ich zu dir kommen durfte! Zu dir kommen, jetzt, in der ersten Zeit deines Glücks! Denn glücklich bist du doch?«

»O ja, gewiß. Ich schrieb dir's ja. Mein Mann ist entzückend. Und so elegant! Aber weißt du, Liebe, wir Franzosen sind nicht sentimental. Von allen Nationen der Welt sind es nur die Deutschen. Du verzeihst. Aber dafür seid ihr weltbekannt. Lebe mit uns und du wirst dir die Sentimentalität bald abgewöhnen. Sie ist so unmodern, weißt du, so unschick. Übrigens bist du noch schöner geworden. Die Blässe steht dir vorzüglich. Ich muß mich stark pudern, um interessant auszusehen ...Hier ist es hübsch, nicht wahr? Dies ist dein kleiner Salon. Die Bilder sind etwas leichtfertig; aber die Herren Franzosen sind eben eine galante Nation. Neben dem

Schlafzimmer ist das Bad und auf der andern Seite wohnt deine Kammerfrau. Der Lakai, den wir dir zugewiesen haben, heißt Jean Baptiste. Er ist erstklassig. Um zwölf findet das Frühstück statt, um vier der Tee, um sieben das Diner. Gleich in den nächsten Tagen führen wir dich bei unsern Freunden und Bekannten ein. Es ist hier Klein-Paris! Sie wohnen auf Kap Martin, in Mentone, in Beaulieu, Nizza und Cannes. Natürlich sind wir viel in Monte – So heißt man hier Monte Carlo. Du wirst dort Toiletten sehen; ich sage dir, Toiletten! Die Konzerte sind exquisit, in der Oper gastiert gegenwärtig Gemma Bellincioni. Mit ihrer Stimme ist es vorbei; aber ihr Spiel – besonders als Violetta und Carmen. Als Violetta trägt sie im dritten Akt eine Robe: altrosa mit Silberstickerei. Begeisternd, sage ich dir, eine Schöpfung!«

In dieser Weise plauderte das anmutige Frauenwesen, welches aus einem Backfisch plötzlich eine Weltdame geworden war. Nur bei einer Französin ist eine solche schnelle Wandlung möglich – dachte die gute Scholastika staunend, und die Freundin erschien ihr eine andre, ein fremdartiges Geschöpf, für welches das Leben keine Schleier mehr hatte. Sie fühlte sich plötzlich einsam und traurig. Kaum, daß sie ihre Bewegung, die sie in den Augen der Freundin nur lächerlich gemacht hätte, verbergen konnte. Schweigend hörte sie zu, froh, als die Ankunft ihrer über das welsche Wesen ganz verstörten Zenz mit dem perfekten Pariser Lakaien und dem Gepäck den Aufbruch der reizenden Schwätzerin zur Folge hatte. Auch war es Zeit, ein Bad zu nehmen und sich für das Frühstück umzukleiden.

Allein gelassen, sah sich Scholastika um. Der Salon hatte eine Einrichtung Louis XVI. mit überreicher Vergoldung der Decke und bewußten, etwas gewagten galanten Gemälden. Davon sich abwendend, trat sie ans Fenster, das aus einer einzigen hohen Scheibentür bestand, weit geöffnet war und auf eine Loggia hinausführte. Die Sonne des Südens überflutete Küste und Meer. Unter ihr lag der Schloßgarten, ein Stücklein Tropenvegetation auf hoher, steil abfallender Felsenterrasse, an deren Klippen das Meer brausend brandete. Auf dem maiengrünen Rasen, unter den Kronen der Kokospalmen, den Wipfeln der Zedern, blühten Zinerarien von strahlender Bläue. Das Mauerwerk war mit einem Teppich goldgelben Jasmins behangen, scharlachrote Schlingpflanzen rankten sich an den Stämmen exotischer Bäume empor und schlangen von Wipfel zu Wipfel glühende Gewinde, als wäre der Garten der Festsaal eines Feenreichs. Und in diesem war sie Gast: sie, Scholastika aus dem verschneiten Seehof unter den winterlichen Alpen ihrer bayrischen Heimat!

Felsengipfel umgaben sie auch hier. Dicht vor ihr stiegen sie auf, kahl und drohend, wie aus den Gründen der Erde emporgeschleudert, eine Hölle starrender Klippen über einem Paradiese.

Eine Hölle auf Erden sollte jenes Monte sein, dessen Besucher aus der ganzen Welt herbeiströmten, um anzubeten und Opfer darzubringen. Welcher Gottheit?

Nicht daran dachte Scholastika. Im Geist sah sie den Grafen von Roquebrune. Sie sah sein Lächeln, fühlte seinen Blick, der ihr die Röte der Scham in die Wangen getrieben hatte.

Warum war sie gekommen? War, was sie in der Heimat nicht fand, was sie hier suchte, etwa die Erfüllung ihres dunkeln Sehnens? Halb Kinderspiele, halb Gott im Herzen, hatte sie nach Lebensfreude verlangt, nach Lebensglück. War der Glanz, der sie hier umgab, Freude und Glück? War Freude und Glück das Leben, welches sie für die Freundin geträumt? Mit einem Gatten, der solches Lächeln, solchen Blick hatte?

Bei der Vorstellung dieses Lächelns fühlte sie es wieder in sich aufsteigen: heiße Scham, ohne daß sie gewußt hätte, weshalb.

War es möglich, daß Scholastika das Heimweh hatte? Heimweh nach dem verschneiten grauen Hause an dem gefrorenen Alpsee? Heimweh nach der spießbürgerlichen dumpfen Luft des Elternhauses? Heimweh nach dem rauhen und häufig recht rohen Volk Oberbayerns? Heimweh auch – nach wem? Doch nicht etwa nach ihrem Jugendfreund und Vetter, dem Junker, der äußerlich sowohl wie innerlich den feinen Herren des galanten Frankreichs so wenig glich, von dem Grafen Honoré Charles von Roquebrune gar nicht zu reden. War es für eine Bewohnerin des Fürstenschlosses von Monaco möglich, Heimweh zu haben? Wenn Scholastika bisweilen derartigen Stimmungen erlag, so trugen daran die Lamentationen ihrer Kammerfrau die Schuld. Zenz war unglücklich, nicht nur über die verkehrte Welt, in welcher Sommer war, wo es doch Winter hätte sein müssen; fühlte sich unglücklich über die fürstliche Pracht, in der sie mit ihrer jungen Herrin lebte. Sie speiste mit der vornehmen Schloßdienerschaft, die Französisch sprach, was auf dem Seehof nur der Schorschl konnte. Man war gegen sie nicht gerade unhöflich, aber doch sehr von oben herab. Das welsche Wesen überhaupt – Welcher Christenmensch speiste am Abend zu Mittag? »Diner« hieß es. Für das »Diner« machte ihre Komtesse Toilette. Aber nur in den ersten Tagen zog sie das schöne weiße Seidenkleid an. Dann fuhr die Frau Gräfin mit ihrer Herrin nach einer Stadt, die Nizza hieß, zu einer Pariser Schneiderin und einer Pariser Modistin. Alsbald trafen neue Kleider und neue Hüte ein. Was wohl die Gräfin-Mutter dazu gesagt hätte? Und wie ihre Komtesse in den neuen Kleidern aussah! Ganz verändert! Freilich wunderschön, zehnmal schöner als die Gräfin von Roquebrune oder sonst eine der Damen, die auf das Schloß zu Besuch kamen. Ihre Komtesse wurde denn auch – Jean Baptiste machte es der Alten begreiflich – von allen höchlichst bewundert. Besonders von dem Herrn Grafen, der doch auf der Welt nur eine einzige Frau zu bewundern hatte, und das war seine eigene Frau Gräfin. Die Zenz ärgerte sich über diese Bewunderung; denn ihre Komtesse durfte nur von einem einzigen Mann bewundert werden: von dem Vetter Freiherrn Hanns Wolfram von Wagging. Das war ein Mann; ja, der!

Nur ein Hauch von Heimweh war's, an dem Scholastika litt, und das nur in den allerersten Tagen, herbeigeführt weniger durch die überwältigende Fremde, als durch den lauten Kummer der Alten. Als dieser endlich auf ihren Befehl verstummte, gab sie sich ganz den neuen Eindrücken hin. Ein Sonnenrausch war's in dem Sonnenlande, ein Frühlingstraum. Daß die Welt so wunderschön sein konnte! Aber in dieser Welt die Menschen – sie schienen die Schönheit überhaupt nicht zu sehen, geschweige zu fühlen. Es schien für sie nur das Vergnügen zu geben. Vergnügen nannten sie aber Zerstreuung und Aufregung, Eleganz und Luxus. Tag für Tag nichts andres als das Eine und Einzige. Dazu kamen Leidenschaft und – »Verhältnisse«. Leidenschaften auch des verheirateten Mannes für die Frau des andern, die oft die Frau des Freundes war.

Leidenschaften und Verhältnisse!

Was wußte Scholastika davon? Kein volles Jahr war sie von der Freundin getrennt gewesen, seit kaum einem Vierteljahr war diese Gattin geworden, und sie sprach von Leidenschaften und Verhältnissen wie von selbstverständlichen Dingen: auch von Verhältnissen verheirateter Männer mit Damen jener Gattung, wie sie Scholastika am Tage ihrer Ankunft gesehen und die ihr gleich beim ersten Anblick einen unheimlichen Eindruck gemacht hatten. Vollkommen harmlos sprach die Gräfin von Roquebrune in ihrer Gegenwart von dergleichen Dingen, anmutig plaudernd, lächelnd. Und es war doch dieselbe Yvonne, welche die nämliche Klostererziehung wie Scholastika erhalten hatte. Freilich hatte auch Scholastika gewisse Bücher und Dichtungen heimlich gelesen, jedoch ohne sie zu verstehen, nur mit einem Gefühl dumpfer Angst und unverständlicher Sehnsucht.

Das war es: die Sehnsucht, zu verstehen, die Sehnsucht, wissend zu werden...

Yvonnes anmutige Plaudereien über dergleichen Dinge hörten plötzlich auf, als der Graf eines Tages zu bemerken glaubte, wie unbehaglich das junge Mädchen sich dabei fühlte. Fortan lenkte er selbst die Unterhaltung. Gleich in erster Stunde hatte er dem deutschen Gast das Kompliment gemacht, das Französische wie eine Pariserin zu sprechen. Gab es ein größeres Lob?

Lachend sagte die Gräfin zur Freundin: »Mein Mann ist wirklich komisch. Stelle dir vor, daß er mir verboten hat, in deiner Gegenwart von gewissen Dingen zu reden. Ganz ernsthaft hat er es mir verboten! Zu komisch, nicht wahr? Als ob du keine moderne junge Dame wärst? Als ob die Aufklärung über gewisse Dinge nicht sozusagen zu den Unterrichtsgegenständen der modernen Jugend gehörte? Als ob du nicht täglich mit eigenen Augen sähest – du brauchst dich nur eine Viertelstunde vor dem Kasino aufzuhalten oder einen Abend im Hotel de Paris zu verbringen, um mit eigenen Augen zu sehen. Aber auf höchsten Befehl soll ich dir gegenüber stumm bleiben. Halte deine Augen nur offen und im übrigen – deine Tugend, meine geliebte deutsche Sentimentale, steht so unerschütterlich fest, wie dort oben der Fels der Turbie.«

Und das Geschöpfchen, dessen Geplauder wie Vogelgezwitscher klang, umarmte die Unerschütterlich-Tugendhafte und deutsche Sentimentale unter silberhellem Gelächter. Dann huschte sie fort, das Parfüm ihres Haares und Gewandes zurücklassend. Als Scholastika nach diesem Gespräch mit der Freundin deren Gemahl wiedersah, traf den ritterlichen Herrn aus ihren großen ernsthaften Augen ein Blick freundlichen Dankes. Fortan bewegte sie sich in Gegenwart des Mannes, der von so zarter Empfindung war, um vieles ungezwungener. Sie wurde mit jedem Tag heiterer, ergab sich dem Zauber der sie umgebenden Erdenschönheit und Lebensfreude, ohne sich dagegen länger zu wehren. Nur mitunter überkam sie das Gefühl, daß ihr die Heimat zu entschwinden schien, gleichsam in unermeßliche Fernen entrückt. Das quälte sie anfangs. Allmählich hörte auch das auf...

Dankbar hatte Scholastika den Grafen angesehen, mit einem tiefen Blick aus Augen, deren schwärzliches Blau mit ihrem goldig blonden Haar solchen pikanten Gegensatz bildete und ihrer etwas allzu ernsthaften Schönheit einen eigentümlichen Reiz verlieh. Dankbar war sie dem Gatten der Freundin für sein rücksichtsvolles Benehmen in Wahrheit und sie wunderte sich, daß der Graf dieses Zartgefühl gerade ihr gegenüber zeigte, und das mehr als selbst gegen seine junge Frau, in die er doch leidenschaftlich verliebt war. Verliebt? Nein, leidenschaftlich liebte er die Reizende! Seltsam, daß dieser Mann so viel von den Frauen geliebt worden war. Denn trotz seiner Ritterlichkeit ihr gegenüber glich der gefährliche Mann – ein solcher sollte er sein! – dem Bilde, welches sie sich in ihrer Einsamkeit von ihm gemacht hatte, nur in wenigen Zügen. Auch konnte sie den Blick nicht vergessen, mit dem er sie bei ihrer Ankunft angesehen, sie gewissermaßen gemustert hatte. Als sie zu Yvonne das ritterliche Benehmen des Grafen erwähnte, sah diese sie erstaunt an und sagte: »Wie sollte er anders sein? Ich schrieb dir ja doch, daß der Graf wegen seiner unwiderstehlichen Art sogar in Paris berühmt sei. Stelle dir vor, was das heißt: sogar in Paris! Aber das kannst du dir nicht vorstellen. Und ich schrieb dir, daß sich mein Herr Gemahl in dich verlieben würde, ernstlich verlieben! Aus dem Grunde ernstlich, weil du so ganz anders bist als wir leichtsinnigen, hübschen Geschöpfe. Natürlich geschah es, wie ich voraussagte. Genau so geschah es.«

»Aber Yvonne!«

»Was denn? Ich bin nicht eifersüchtig. Auch dann nicht, wenn auch du dich in ihn verlieben solltest. Wir Pariserinnen, meine Liebe, müssen uns beizeiten die Eifersucht abgewöhnen. Unsre Herren Ehemänner selbst gewöhnen sie uns ab. Was mich betrifft, so bin ich eine gelehrige Schülerin, war es schon vor meiner Heirat ...Starre mich nicht so entsetzt an! Wie du siehst, kann ich bei der Lektion: wie aus einer klugen reizenden jungen Dame eine kluge reizende Gattin ward, ein sehr heiteres Gesicht machen ...Bitte, keinen Ausbruch von Gefühl! Ich bin eine durchaus glückliche Gattin. Und wenn in der Ehe manches anders ist, als wir Unschuldslämmer uns träumen, so können wir es eben nicht ändern und wären Närrinnen, wollten wir deswegen den Kopf hängen lassen und Trübsal blasen. Fällt uns gar nicht ein! ...Heute abend fahren wir nach Beaulieu und speisen in der ›Reserve‹ Bouillabaisse. Dazu spielen die Zigeuner. Einfach berückend, sage ich dir.«

Der Graf in sie verliebt! Ernstlich in sie verliebt! Der Gatte ihrer Freundin, deren Gast sie war und die nicht eifersüchtig war, weil ihr die Eifersucht von ihrem Mann abgewöhnt wurde, und das schon jetzt, kaum vermählt. War dergleichen möglich? Freilich hatte es Yvonne im Scherz gesagt; aber der Scherz war häßlich. Leichtfertig hatte Yvonne die Pariserinnen und sich selbst genannt. Im Scherz natürlich! Nicht ihr Wesen war leichtsinnig, sondern nur ihr Gerede. Es klang zwar sehr anmutig, aber sie nahm sich doch vor, Yvonne zu bitten, mit ihr nicht mehr so – anmutig zu plaudern...

Jeden Morgen wurde von dem jungen Hauskaplan in der prachtvollen, mit Stuck und Vergoldungen überladenen Schloßkapelle Messe gelesen. Jeden frühen Morgen stand das Ehepaar auf, um mit Gästen und Dienerschaft dem Hochamt beizuwohnen. Für Scholastika war die heiße Inbrunst, mit welcher ihre Wirte dem Mysterium sich hingaben, ein Gegenstand stets neuen Staunens. Wie konnte der Mensch so fromm sein und zugleich so weltlich? Denn der Graf war ein berühmter, um nicht zu sagen berüchtigter Lebemann; die Gräfin, obgleich in klösterlicher Anstalt erzogen und soeben erst ins Leben getreten, hatte bereits Ansichten über die höchsten Dinge, die Scholastika nicht verstand, die ihr Furcht einflößten, Furcht vor etwas Unbekanntem, Gefahrdrohendem. Dieses Unheimliche empfand sie anfangs in allem, was sie umgab. Und sie merkte es kaum, daß sie sich allmählich daran gewöhnte, daß es aufhörte, für sie unheimlich zu sein.

Auch die Beichte nahm der junge, elegante Geistliche den Herrschaften ab. Was Scholastika betraf, so hätte sie dem Ehrwürdigsten nicht die geringste Sünde bekennen können. Überhaupt – das Christentum im Fürstentum Monaco mit der Spielbank in Monte Carlo! Unterhalb der Tête de Chien sollte sich der Friedhof der Selbstmörder befinden, tief verborgen und versteckt, eine trostlose Stätte ungeweihter Erde, darüber sich der rote Fels wie ein mit Blut besprritztes gewaltiges Grabmal anklagend gen Himmel erhob. Auch gab es zwischen Monte Carlo und dem benachbarten Condamine einen überbrückten grauenvollen Abgrund, in den hinab die Opfer des Spiels sich stürzen sollten.

Und dann Kirchen und Priester im Fürstentum Monaco! Der gekreuzigte Heiland hätte sterbend sein dornengekröntes Haupt von diesem irdischen Paradiese abwenden und der Wein im Kelch, den der Priester am Altar zu Christi Gedächtnis über der Gemeinde erhob, sich in Blut wandeln müssen.

Aber nicht in das göttliche Blut, welches für eine solche Welt und eine solche Menschheit vergeblich geflossen war.

12

In den Gemächern des mittelalterlichen Schlosses mit den Gemälden des Annibale Carracci und den Fresken des Michelangelo Caravaggio in den Arkaden entwickelte sich mehr und mehr das Leben der großen Welt. Die Neuvermählten hatten ihren Honigmond beendet, waren der zärtlichen Zweisamkeit überdrüssig geworden, freuten sich der beginnenden Hochsaison an der Azurküste, stürzten sich in den Strom fashionablen Lebens, der ihr Lebenselement war. Sie rissen ihren deutschen Gast, dessen lichte Schönheit allgemeines Aufsehen erregte, mit hinein.

Schon zum Frühstück waren Freunde und Bekannte geladen. Nachmittags sauste man im Auto dahin auf den schönsten Straßen der Welt, über dem azurblauen Meer, durch ein Gartenland, darin die Worte: Jammer und Elend, Armut und Not, keinen Klang hatten, sondern nur Reichtum und Glück, vereinigt mit allen Freuden, allen Genüssen des Daseins, den unauskostbaren, überschwenglichen.

Auf Kap Martin wurde in ihrer weißen Villa die greise Kaiserin Eugenie besucht, in Cannes die junge Großherzogin Anastasia von Mecklenburg-Schwerin, Großfürst Michael mit seiner schönen Gemahlin und die Schwester des deutschen Kaisers, die immer noch jugendlich-anmutige Charlotte von Meiningen. Vornehmen Russen und Engländern in Nizza, Villefranche und Mentone wurden Besuche abgestattet. Die Herrschaften wohnten in den großen Hotels oder in Landhäusern, in wahren Märchenschlössern.

An Scholastikas Ohr rauschten die glänzenden Namen, zogen die eleganten Gestalten vorüber. Unheimliche Geschöpfe blieben ihr die Frauen, mit der souveränen kühlen Haltung, die heiße Leidenschaften verbergen sollte; noch unheimlicher die Männer mit den fahlen Gesichtern, den fahlen Zügen, den aufgepeitschten Nerven. Und wie diese Männer mit den Frauen verkehrten! Freilich durchaus im Ton der guten Gesellschaft; vielmehr im Ton der großen kosmopolitischen Welt. Aber unheimlich blieben sie Scholastika darum doch. Über diese Frauen und diese Männer mit Yvonne zu reden, scheute sie sich. Doch gewöhnte sie sich auch daran. Woran sie sich jedoch nicht gewöhnte, das war Monte Carlo, das hesperisch schöne. Aus allen Teilen der Welt strömten die Menschen herbei. Die Expreßzüge brachten die Scharen heran, Tag und Nacht streckte das Spielhaus seine Fangarme aus, die Menge umklammernd und in die Wirbel seines goldenen Schlundes ziehend. So mochte der Moloch seine Opfer umfangen, mochte der Tanz um das goldene Kalb gerast haben, eine Orgie des göttlichen gelben Metalls...

Als Scholastika zum erstenmal die glanzvollen Säle betrat, fiel es ihr gleich beim Eintritt beklemmend auf Brust und Seele. Eine Stille herrschte wie in einem Gotteshaus, nur unterbrochen von dem eintönigen Ruf des Croupiers, der Stimme des Priesters in diesem Tempel, dem Rollen des Goldes und Silbers, des Opfergeldes für die Gottheit. Als das junge Mädchen in den Hallen des Mammons die ersten Weihen empfangen sollte, faßte sie Grausen. Die schwüle Luft der Säle, der Weihrauch des Heiligtums, benahm ihr den Atem. Widerlich erschienen ihr die Scharen, die um die Tische sich drängten wie eine Gemeinde von Gläubigen um den Altar; schrecklich die aufgehäuften Banknoten und Goldrollen, die, gleichgültig hingeworfen und verloren – gleichgültig empfangen und zu den übrigen gelegt wurden. Damen der Gesellschaft standen neben Hetären, die einen wie die andern geschminkt und in den auffallendsten Kostümen. Beide, Damen und Dirnen, erfüllte der nämliche Gedanke: zu gewinnen; beseelte das nämliche gierige Verlangen nach der Erregung des Spiels. Aber auch das sollte ja wohl Lebensfreude sein?

»Liebe Yvonne!«

»Liebling?«

»Du wirst doch nicht auch spielen?«

»Ganz gewiß. Und du?«

»Ganz gewiß nicht.«

»Wie dir's beliebt. Wenn du nicht spielst, so stelle dich wenigstens hinter meinen Mann, du wirst ihm Glück bringen ...Charles, gib mir meine tausend Franken.«

»Du hast sie in deinem Täschchen.«

»Richtig. Siehst du wohl, wie verständig ich bin.«

»Verständig, weil du tausend Franken verspielen willst?«

»Weil ich niemals mehr mit mir nehme als tausend Franken. Sind sie verspielt, so höre ich auf. Charles dagegen ist unverständig wie ein Kind und spielt wild darauf los...Ich bitte dich, Liebling, geh zu Charles. Er soll heute einmal Glück haben.«

Heute einmal Glück haben durch sie! In diesen Sälen, an diesen Tischen! Unter diesen Menschen! Dennoch trat sie hinter ihn. Als fühlte er ihre Nähe, wendete er sich zu ihr. Sein Blick grüßte sie. Tief sah er ihr in die Augen. Es war ein andrer Blick als jener gewesen, der ihr damals die Röte der Scham ins Gesicht getrieben hatte.

Der Graf spielte und verlor. Trotz ihrer Nähe verlor er beständig. Das vor ihm aufgehäufte Gold schmolz dahin. Er holte sein Portefeuille aus der Tasche, riß Banknoten heraus: zehntausend Franken und mehr! Scholastika erbleichte. Unwillkürlich streckte sie die Hand aus und rührte leise an des Spielers Arm. Er wandte sich zu ihr, lachte sie an und fuhr fort zu spielen.

Er verlor auch jetzt, verlor beständig.

Als er alles verloren hatte, trat er von dem Unglückstische zurück und raunte Scholastika zu: »Unglück im Spiel und Glück – Ich denke an das alte Sprichwort. Es ist zwar banal, ich denke jedoch trotzdem daran. Vergessen Sie nicht, daß ich daran denke.«

Scholastika erwiderte mit Haltung: »Ich werde es nicht vergessen. Denn hier kommt Yvonne. Sie hatten freilich Glück in der Liebe.«

Da in den Sälen nur leise gesprochen werden durfte, mußte sie mit unterdrückter Stimme antworten.

Yvonne hatte an einem andern Tisch gespielt. Schon von fern hielt sie den beiden ihr Täschchen hin: durch die goldenen Maschen schimmerte das Gold. Die kleine Anmut strahlte über das ganze Gesicht. Ihr Gatte flüsterte Scholastika zu, wiederum mit einem tiefen Blick in ihre Augen: »Arme Yvonne! Sie hatte Glück im Spiel.«

Scholastika ließ den Grafen stehen und ging der Freundin entgegen. »Ich bitte dich, komm fort! Das ist ein schrecklicher Ort!«

»Du vergissest, daß dieser schreckliche Ort in Monaco liegt, und daß der Fürst von Monaco meines Mannes Oheim ist.«

»Wie kann der Fürst es nur ertragen? Er soll ein edler Mensch sein und dann –«

»Was meinst du mit deinem: Und dann?«

»Ich meine den Fluch, der auf seinem Lande ruht. Er muß den Fluch an seinem Hause, an seinem Leben, seiner eigenen Seele empfinden; muß an dem Fluch zugrunde gehen, treffen ihn doch die Verwünschungen aller derer, die in diese Hölle sich stürzen.«

»Weshalb tun sie es? Sie tun es mit Wonne. Für Tausende ist dieser schreckliche Ort die Stätte aller Seligkeiten. Der Segen dieser Tausende hebt die Verwünschungen der andern auf.«

Sie waren aus der erstickenden Luft der Spielsäle herausgetreten in die ambrosische Luft des Winterfrühlings; aus der überladenen Pracht von Marmor und Stuck, von Vergoldungen und Seidentapeten in die Herrlichkeit der Rivieralandschaft. Vor der Palmenallee glühte ein Riesenbeet purpurfarbener Zyklamen; der weite Platz wimmelte von einer festlich bewegten Menge; Auto auf Auto fuhr vor; aus dem Café de Paris tönte leidenschaftliches Geigenspiel; vor dem Hotel de Paris bewegte sich das Leben einer Großstadt, und die Sonne, die über Gerechte und Ungerechte scheint, umfloß alles mit ihrem Glanz. An diesen Meeresgestaden ward er zur Glorie.

Scholastika atmete auf. Der Stätte häßlicher Leidenschaften entfliehend, glaubte sie der Stimme entfliehen zu können, die ihr zugeflüstert hatte: »Ich denke an das alte Sprichwort. Vergessen Sie nicht, daß ich daran denke!«

Und weiter: »Sie hatte Glück im Spiel...Arme Yvonne!«

Gewiß würde sie vergessen und zwar schon in der nächsten Stunde. Aber – »Arme Yvonne!«

13

Die Männer! Liebling, wüßtest du, was die Männer sind. Sie sind Verführer und Verderber zugleich. Wir müssen sie als unsre Besitzer rasend lieben und als unsre Teufel ebenso rasend hassen.«

So und ähnlich hatte Yvonne schon als Braut an sie geschrieben und lächelnden Mundes immer wieder zu der Freundin gesprochen. Diese hatte auch immer wieder strafend geantwortet: »Was du sagst, ist nicht wahr. So sind die Männer nicht. So sind sie auch nicht in Paris. Du erniedrigst deinen Gatten durch solche Anschauungen, erniedrigst dich selbst. Welche Erfahrung gibt dir dazu ein Recht? Wenn eine Frau ihren Gatten nicht hochhält, gibt sie ihre Frauenwürde auf. Eine Frau muß ihren Mann nicht nur lieben, sie muß ihn auch achten und zu ihm aufblicken ... Lache mich nur aus, finde mich nur deutsch sentimental – wie du's nennst. Die Welt ist besser, als du mir glauben machen willst. Sie ist so gut, wie sie schön ist. Es tut mir weh, daß du die Welt so falsch siehst, du meine kleine holde Yvonne, die so fromm beten kann, so rein und keusch ist, so zärtlich liebt, so leidenschaftlich wiedergeliebt wird.«

»So leidenschaftlich wiedergeliebt –« hatte die kleine Yvonne erwidert und über ihr lächelndes Gesichtchen war ein Schatten gehuscht. Gleich darauf hatte die schöne Sittenrichterin sie ausgelacht und zärtlich in die Arme geschlossen.

Auch dieses Gespräch konnte Scholastika nicht vergessen, ebensowenig wie das »Arme Yvonne« des Grafen, der seine junge reizende Gattin leidenschaftlich lieben sollte. Ach! Leidenschaftlich war der Blick gewesen, mit dem er ihr selbst in die Augen gesehen ...

Dagegen schien der Graf den kleinen Vorfall vollkommen vergessen zu haben. Sein Benehmen gegen Scholastika wurde womöglich noch ritterlicher, geradezu ehrerbietig. Dieses Benehmen hätte sie verwirren müssen, wäre es nicht mit solchem Zartgefühl verbunden gewesen. Eigens für sie schien der Graf bei Tafel die Unterhaltung zu leiten; eigens für sie die Ausflüge zu bestimmen und die Auswahl der Gäste zu treffen. Als Yvonne sehr bald wieder ins Kasino wollte, gestattete er es nicht. Yvonne schmollte wie ein verzärteltes Kind, dem ein Stück Kuchen abgeschlagen ward. Sie rief aus: »Du bist eine Zauberin! Weshalb glaubst du wohl, daß er mich heute nicht nach jenem ›schrecklichen‹ Ort läßt? Weil du ihn schrecklich findest. Aus lauter lächerlicher Rücksicht für dich läßt mich Charles heute nicht meine fünftausend Franken gewinnen; aus Liebe zu dir muß ich heute zu Hause bleiben. Es ist zu arg! Aber ich gönne dir den Triumph und gestehe dir, daß ich meinen Herrn Gemahl gerade wegen seiner Rücksicht für dich bezaubernd finde.«

Eines Tages fühlte sich Yvonne nicht wohl. Sie blieb im Bett und ließ Scholastika zu sich bitten.

»Du mußt Charles unterhalten. Ich bitte dich, Liebling, mache du für einige Tage die Hausfrau. Ich möchte etwas ausruhen, habe in letzter Zeit etwas zu viel mitgemacht, ein bedauernswertes zartes Geschöpflein wie ich bin. Obgleich mir jede Stunde, die ich im Bett bleiben muß, leid tut, will ich vernünftig sein. Es schadet sonst meinem hübschen Gesicht – Charles nämlich findet es hübsch; wenigstens fand er es so vor unsrer Hochzeit. Dich findet er schön, dich bewundert er. Ach, Liebling, ein Bräutigam und ein Gatte sind zwei sehr verschiedene Wesen. Du freilich wirst diese Erfahrung nicht machen; denn ihr deutschen Frauen – Ich aber bin Französin, Pariserin! Deine deutsche Welt muß für eine Pariserin schrecklich sein: Barbarenland. Sei mir nicht böse. Aber alles, was du mir von deiner Heimat erzählst, ist einfach entsetzlich. Auch die Menschen sind es, deine verehrten Eltern natürlich ausgenommen. Schrecklich muß auch jener Bär sein. Ich meine deinen Herrn Vetter mit dem unaussprechlichen Namen. Natürlich ist der arme Junge unsinnig in dich verliebt. Zu dumm von ihm. Denn er und du! Mich freut, daß du ihn abfahren ließest. Eigentlich schriebst du mir viel zu viel von ihm, so daß ich schon fürchtete – Du hast ihn prachtvoll geschildert, ganz als Bär ... Dein Vetter und mein Mann! Für Charles wäre der gute Junge einfach eine komische Figur ... Sage, Liebling, bin ich heute nicht schauderhaft häßlich? Ich muß ganz gelb aussehen! Gib mir doch die Puderdose vom Toilettentisch. Ist er nicht hübsch? Jeder Gegenstand schweres Gold mit Halbedelsteinen ...

Danke! Wie steht mir mein Krankenkostüm? Schlecht, nicht wahr? Mattrosa würde mir besser stehen als dieses viel zu scharfe Blau. Aber die Spitzen sind wundervoll. Charles will mich später besuchen. Sei so freundlich und stelle die Vase mit den weißen Lilien neben mich. Das wird sich gut ausnehmen. Lilien sehen so fromm aus, weißt du … Du bewunderst das Bett? Es stammt aus dem fünfzehnten Jahrhundert. Ich weiß nicht, wie viele junge Paare aus dem Hause der Grimaldi in diesem Zimmer ihren Honigmond feierten. Der Brokat des Betthimmels soll von einem Dogen Grimaldi gestiftet sein … Also, Liebling, du ersetzest mich bei meinem Tyrannen. Fahre mit ihm aus nach St. Jean oder Nizza oder Antibes; spaziere mit ihm auf Kap Martin unten am Meer; weiche nicht von seiner Seite … Du willst nicht? Du mußt! Mir zuliebe. Auch ihm zuliebe. Er wird entzückt sein. Denke, wie nett er mit dir ist. So war er noch nie mit einer Dame. Wenigstens nicht, seit ich das Glück habe, die Gräfin von Roquebrune zu sein … Sei ein gutes Kind und gib mir einen Kuß. Aber nicht auf den Mund. Die Lippen sind etwas gefärbt … So! Nun will ich schlafen, damit ich nicht gar zu abscheulich aussehe, wenn mein gestrenger Eheherr mir seinen Besuch abstattet. Er kann kränkliche Frauen nicht leiden, du dagegen bist himmlisch gesund und brauchst dich nicht für eine volle Woche ins Bett zu legen, um deine Schönheit zu schonen. Ich beneide dich. Ihr seid eben andre Wesen, ihr Deutschen.«

Scholastika, die während dieser Plauderei gelitten hatte, erkundigte sich besorgt: »Eine volle Woche willst du zu Bett bleiben? So unwohl fühlst du dich? Wann kommt euer Arzt?«

»Ich fühle mich wohl wie ein Fisch im Wasser, will mich nur schonen, will Charles dir überlassen … Mache nicht gleich wieder ein tragisches Gesicht, obgleich Charles dich gerade dann besonders schön findet. Übrigens werde ich jeden Tag ein neues Kostüm anziehen und jedes wird entzückend sein. Charles freilich ist bei jenen – Damen an andre Kostüme gewöhnt. Doch davon darfst du nichts wissen … Also du versprichst mir, dich des Einsamen liebevoll anzunehmen? Hörst du wohl: liebevoll! Ich hätte sonst keinen ruhigen Augenblick. Auch würde er sonst Abend für Abend dort unten sein, wo es bisweilen zugehen soll – Ich bin schon still wie ein Mäuslein, ein weißes, mit rosigem Schnäuzchen. Bei dir weiß ich ihn gut aufgehoben, gut und sicher.«

Also vertrat Scholastika bei Tafel die Hausfrau. Der Graf aber sagte sämtlichen Geladenen ab: seine Frau sei nicht ganz wohl. Zufällig war kein andrer Hausgast anwesend. So speisten sie denn zu dreien. Der dritte war der Hauskaplan, jener junge geistliche Herr, bei dem Scholastika um keinen Preis gebeichtet hätte, was ihr höchlichst verübelt wurde. Nur der Graf schien auch dafür Verständnis zu haben. Wie liebenswürdig war er in allen diesen Dingen. Er mußte besser, viel besser sein als sein Ruf. Die Menschen verleumdeten so gern und ein erster Eindruck täuschte so oft. Sie hatte ihm unrecht getan, hatte ihn im geheimen um Verzeihung zu bitten. Was jenen Augenblick im Kasino betraf, so war es eben nur ein Augenblick gewesen. Dagegen bereitete ihr etwas andres Sorge. Das war sein Verhältnis zu seiner Frau. Freilich, die Ehe zwischen Parisern –

Heftige Vorwürfe machte sie sich, Yvonne über ihren Vetter geschrieben zu haben. Sie hatte ihn der Freundin so »prachtvoll« geschildert, daß diese ihn sich vorstellte als Höhlenmenschen mit einem Bärenfell, infolgedessen sie über ihn spottete und behauptete, auch der Graf würde ihn eine komische Figur finden. Bei Yvonnes Spott über den Vetter wurde sie von Scham erfaßt. Er war viel zu gut, um ihn dem Hohn Fremder auszusetzen. Und das hatte sie ihm antun können!

Nach dem Frühstück sagte der Graf: »Der Tag ist heute besonders schön. Wenigstens scheint er mir so, weil Sie heute besonders huldvoll gegen mich sind. Ihr Blick sagt zwar nein. Gestatten Sie mir aber, andrer Meinung zu sein. Yvonne trug mir auf, Sie anzuflehen, meiner Verlassenheit sich anzunehmen. Wollen Sie mir also eine gnadenreiche Himmlische sein und sich von mir im Auto über Roquebrune, dem edlen Felsennest meiner Ahnen, hinauf zur Turbie entführen lassen? Ich möchte die Fahrt gern an Ihrer Seite machen, Sie sind solche köstliche Naturenthusiastin. Vielleicht gelingt mir, in Ihrer Gegenwart diese ewigen Felsen und dieses ewige Meer erträglich zu finden. Verzeihen Sie, ich meinte schön und herrlich.«

Scholastika wies ihn mit erzwungener Kälte zurecht: »Sie spotten über mich, wie Sie über alles deutsche Wesen spotten. Sie werden uns Deutsche nie kennen lernen, werden uns stets unterschätzen. Wie sollten Sie uns auch jemals gerecht werden können, der Sie alles Deutsche nur lächerlich finden.«

Der Graf bat: »Also seien Sie meine gütige Lehrmeisterin. Ich werde mich bemühen, ein gelehriger Schüler zu sein; bin es bereits, seitdem mir das Glück zuteil ward, Sie bei uns zu haben.«

Überhörend fuhr Scholastika fort: »Übrigens brauchen Sie uns gar nicht zu kennen, da Sie uns ja doch barbarisch und verächtlich finden. Aber uns geschieht recht. Weshalb bewundern wir alles, was fremd ist. Vollends Frankreich und Paris. Wir können uns die Welt ohne Paris nicht vorstellen. Paris ist die Welt! Kämen Sie nach Deutschland, so würden Sie bei uns eine knechtische Nachahmung alles dessen finden, was Frankreich, was Paris ist. Alsdann hätten Sie freilich ein Recht, uns lächerlich zu machen und uns zu verachten.«

Sie war in ihrer mühsam unterdrückten Erregung so hinreißend schön, daß er auf ihre Worte gar nicht hörte, sondern sie mit stummer Bewunderung betrachtete...

Also fuhr am Nachmittag dieses »besonders schönen« Tages – Meer, Erde und Himmel waren seit Wochen genau ebenso glanzvoll gewesen – der Graf an Scholastikas Seite in dem mit dem Wappen der Grimaldi gekrönten Auto über Condamine und das paradiesisch-höllische Monte Carlo in der Richtung von Kap Martin. Wo die Straße sich gabelt, es rechts nach Mentone geht, links steil emporführt, begegnete dem Gefährt ein Trupp Alpenjäger, junge, prachtvolle Gestalten, die eigentümliche dunkelblaue Kopfbedeckung dieses französischen Elitekorps verwegen auf die Seite gerückt. Das Auto hielt, um die Schar vorüberziehen zu lassen. Die Leute kamen von den Befestigungen des Mont Agel, der, ebenso wie sämtliche Grate und Gipfel des benachbarten Felsengebietes, festungsartig ummauert war. Die Kompanie hatte in der Höhe ihre Übungen gemacht und begab sich nach Mentone in ihre Kaserne zurück.

Graf Roquebrune rief aus: »Unsere Alpenjäger, unser Stolz! In Ihrem Vaterland soll man ein Lied haben: Deutschland möge ruhig sein, der deutsche Adler wache über Deutschland und Deutschlands Ruhm. Sehen Sie Frankreichs Alpenjäger! Auch die Franzosen können singen, daß Frankreich ruhig sein möge. Nur wird es nicht von einem Adler gegen einen beutegierigen Feind beschützt, sondern –«

Scholastika fiel dem stolzen Herrn lachend ins Wort: »Sondern von einem Hahn! Auch möchte ich Sie fragen: Haben Sie jemals etwas von dem oberbayrischen Löwen gehört? Sie sollten mit der lieben Yvonne zu uns auf den Seehof kommen und wäre es nur, um unsre oberbayrischen Burschen kennen zu lernen: des Sonntags, wenn sie im Wirtshaus gegeneinander ihre Trutzlieder singen, zu gleicher Zeit Reim und Melodie erfindend. Jeder dieser frischen Bursche führt ein im Griff feststehendes Messer bei sich und jedem sitzt der scharfe Stahl lose in der Scheide ...Jetzt war ich sehr unhöflich. Aber weshalb mußten Sie auch den deutschen Adler an seinem Gefieder zausen? Noch einmal: kommen Sie diesen Sommer zu uns und ich zeige Ihnen unsre bayrischen Löwen.«

Sie wußte selbst nicht recht, wie es geschah; aber bei der hochmütigen Rede des Herrn regte sich in ihr etwas zuvor niemals Gefühltes: das Bewußtsein ihres Deutschtums, der Stolz auf ihr Vaterland, auf ihre bayrische Heimat. In demselben Augenblick mußte sie denken: »Hätte Vetter Wolf dich jetzt gehört, würde er sich über dich gefreut haben. Eigentlich ist er doch –«

Weiter kam sie in ihrem Gedankengang nicht. Der Graf versicherte ihr auf das liebenswürdigste, daß er an dem Heldentum ihrer Landsleute nicht im geringsten zweifle und daß Yvonne und er sich glücklich schätzen würden, ihren Eltern einen Gegenbesuch abzustatten. Aber – »Aber vorher müßten Sie mit uns nach Paris kommen; denn nur in Paris können Sie uns kennen lernen.«

Graf und Gräfin von Roquebrune auf dem Seehof – Scholastika entsetzte sich im Grunde ihrer Seele bei dieser Vorstellung! Wie primitiv und barbarisch würden die beiden alles finden, bespötteln und verachten. Auf dem Seehof der Sepp und der Schorschl, der Loisl und der Stiegei. Ja, und Vetter Wolf!

Vetter Wolf zusammen mit dem Grafen von Roquebrune! Eine komische Figur hatte Yvonne ihn genannt. Für den Grafen von Roquebrune würde der Freiherr von Wagging allerdings eine komische Figur sein. Sie aber hätte das Lächeln, mit dem der Enkel der Grimaldi auf diesen Sohn seiner Väter herabsah, ruhigen Herzens ertragen sollen?

Und Vetter Wolf?

Der Graf von Roquebrune sollte sich nur einfallen lassen, über den Freiherrn von Wagging zu lächeln.

14

Gleichsam als ein andrer Mensch saß Scholastikas Begleiter an ihrer Seite, gedankenvoll und ernsthaft, so daß sie von seinem so plötzlich verwandelten Wesen eigentümlich berührt ward. An dem elenden Felsennest mit der Burgruine der Grafen von Roquebrune vorübersausend, begann er, seiner schönen Gefährtin von seinen Vorfahren zu sprechen, beständig mit jenem neuen, tiefernsten Ausdruck in Miene und Blick.

Er sagte: »Es taugt nicht, von solchem alten Geschlecht abzustammen. Die Söhne müssen für die Sünden der Väter büßen. Wofür lebten die meinen? Für den Genuß des Lebens. Was vollbrachten sie? Ihre Macht übten sie aus als Gewalt. Jeder von ihnen war ein Wüstling und zugleich ein Despot. Und nun die Söhne mit dem Blut solcher Väter in den Adern, mit ihren Eigenschaften, ihren Lastern im Blut. Sehen Sie mich an, sehen Sie das Leben, das ich führe. Wie ward ich erzogen und wofür? Für ein Leben im Nichtstun, hingebracht im Genuß. Schon als Knabe war ich durch Vätererbe verseucht...Sie sind entsetzt? Ich will mich nicht besser machen, als ich bin. Gerade Ihnen gegenüber will ich das nicht! Ich könnte mich verteidigen, könnte von Versuchung, von Verführung sprechen und das schon in den jüngsten Jahren. Aber wer einen sittlichen Halt besitzt, für den gibt es auch eine Sittlichkeit. Ich besaß diesen Halt nicht. Und dann – die Frauen! Zu Ihnen, der Reinen und Guten, will ich davon nicht sprechen. Sie könnten mir entgegnen: Aber Ihre Frau! Denken Sie an Ihre Frau, die Sie liebt, die Sie wiederlieben. Hören Sie mein Bekenntnis!«

In heftiger Erregung wehrte Scholastika ab: »Sprechen Sie nicht weiter! Sie sagten bereits zu viel. Ich verstehe Sie nicht, verstehe nicht Männer Ihrer Art, will sie nicht verstehen. Wenn Sie einmal so waren, wie Sie sich schilderten, so machte Sie die Liebe zu Ihrer Frau zu einem neuen, einem besseren Menschen. Ihre Heirat mit Yvonne –«

»War keine Liebesheirat.«

»Keine Liebesheirat? Wie können Sie das sagen!«

»Als volle Wahrheit. Yvonne liebt mich genau ebensowenig, wie ich sie liebe. Sie war eine glänzende Partie, also paßten wir zusammen. Nebenbei sollte mich die Heirat mit der Tochter eines vornehmen Hauses aus den Händen einer gewissen Dame befreien. Eine Ehe also wie tausend andre. Auch in Ihrem tugendreichen Deutschland wird es nicht besser sein. Jedenfalls ist es so bei uns.«

Scholastika rief: »Ich glaube Ihnen nicht! Es ist von Ihnen ein trostloser Irrtum, zu glauben, Yonne liebe Sie nicht. Sie sollten die Briefe lesen, die ich schon vor Ihrer Verlobung über Sie erhielt. Jedes ihrer Worte war Liebe zu Ihnen, war Jubel und Seligkeit. Wie können Sie ihr ein solches Unrecht zufügen? Und Sie! Weshalb machen Sie sich schlechter, als Sie sind? Gerade mir gegenüber, die ich zu dem Gatten meiner Freundin aufsehen möchte. Sie sollten das reizende Geschöpf nicht wieder lieben? Niemals glaube ich Ihnen das. Aber Ihre Selbstanklage macht Ihnen Ehre. Wer seine Schuld erkennt, ist bereits auf dem Wege, sie zu bereuen. Erkennen Sie aber auch Yvonne, lieben Sie aber auch Yvonne! Sie können nicht schöner bereuen.«

Yvonnes Gatte wendete von der schönen Sittenpredigerin kein Auge. Im stillen über die Naivität des guten Kindes lächelnd, lauschte er ihren Worten mit scheinbar tiefem Ernst, scheinbar sogar mit großer Ergriffenheit. Er beugte sich über ihre Hand, küßte sie, sagte: »Wie gut Sie sind. Ja, Sie! Sie könnten mich gutmachen. Ihre bloße Gegenwart genügt, um in mir den besseren Menschen zu wecken. Ich danke Ihnen. Ich darf Sie nicht wissen lassen, wie sehr ich Ihnen danke.«

Erbebend lehnte Scholastika ab: »Ich? Wer und was bin ich? Ein unwissendes junges Geschöpf aus dem von Ihnen verspotteten und verachteten Deutschland. Der einzige Wert, den ich für Sie haben kann, ist meine treue Freundschaft für Yvonne. Zu dieser Freundschaft kommt jetzt mein Mitleid. Es ist so groß, daß ich um Yvonne weinen möchte. Sie hatten recht, sie Ihre arme Yvonne zu nennen. Damals verstand ich nicht, was ich heute zu meinem Leidwesen verstehen muß. O du meine liebe, kleine arme Yvonne!«

Wie mit mühsam unterdrückter Bewegung flüsterte der Graf: »Sie fragten, was Sie wären? Ein Engel an Reinheit und Güte! Seien Sie es auch gegen mich. Seien Sie auch mir eine gute Kameradin, eine treue Freundin. Schenken Sie auch mir Ihr Mitleid. Weinen Sie auch über mich. Ihre Tränen werden mich reinwaschen von Schuld.«

»Graf!«

»Versprechen Sie mir, auch mein guter Kamerad, auch meine treue Freundin zu sein. Was Sie versprechen, das halten Sie. Ich kenne Sie. Sie glauben nicht, wie gut ich Sie kenne. Reichen Sie mir Ihre Hand, mein guter Kamerad, meine treue Freundin!«

Sie reichte ihm die Hand nicht. Aber sein guter Kamerad wollte sie sein. Mitleid wollte sie haben: Mitleid mit der armen kleinen Yvonne und auch Mitleid mit ihm ...

Dieses Gespräch fand statt, während das Auto hoch über dem Meer auf der kühnsten Alpenstraße der französischen Küste dahinfuhr. Es sollte zugleich die herrlichste Straße des Landes sein, war vielleicht die herrlichste Straße der Welt.

Scholastika befand sich in solcher Erregung, daß sie für die Wunder der Landschaft kein Auge hatte. Ihr zur Linken öffnete sich der Abgrund; aber ihr war zumute, als hätte sie einen Blick in eine viel grauenvollere Tiefe getan: in den Abgrund einer Menschenseele. Der Mann an ihrer Seite, dessen guter Kamerad sie fortan sein wollte, hatte ihr Bekenntnisse gemacht, die sie empörten. Er hatte zu ihr, der Reinen und Guten, wie er sie nannte, von Eigenschaften gesprochen, denen er selbst den Namen von Lastern gab. Er liebte seine Frau nicht, wurde auch von ihr nicht geliebt. Wie aber hatte Yvonne von ihrem Glück, von ihrer Liebe geschwärmt. Und das sollten nur Worte, sollte nur Lüge gewesen sein? Dabei hatte die Frau die Aufgabe, der Menschheit Würde aufrecht zu erhalten. Und diese Aufgabe der Frau war eine Mission.

Mitleid. Der Mann an Scholastikas Seite hatte das Wort ausgesprochen, hatte sie mit erstickter Stimme angefleht, auch mit ihm Mitleid zu haben. Als ob er des Mitleids würdig wäre? Und dennoch! Das verderbliche Erbe der Väter, die lasterhaften Eigenschaften seines Geschlechts, seine unselige Erziehung für keinen andern Lebenszweck als den einer unersättlichen Genußsucht, die Frauen, von denen er zu ihr nicht sprechen wollte – Durfte sie ihm ihr Mitleid versagen?

Wieder redete er zu ihr und wieder war er ein ganz andrer, als sie ihn noch vor einer Stunde gekannt. Mit der Weichheit in seiner Stimme, welche die schöne Sprache Frankreichs zur Melodie machte, sagte er: »Wie schön, daß ich diese Straße mit Ihnen fahre. Yvonne fühlt nicht die Natur. Das soll kein Vorwurf sein. Für eine Pariserin gibt es nicht Himmel und Erde, nicht Meer, Berge und Täler, nicht Sonne und Schönheit. Für eine Pariserin von der Art meiner armen kleinen Yvonne gibt es auf Erden nur das Leben der großen Welt; nur Zerstreuungen, Aufregungen, Feste; nur Toiletten und was sonst zu dem allem gehört. Ich verlebte meine erste Jugend in diesem Land, liebe es daher, fühle, trotz meiner lästerlichen Reden von vorhin, daß dieses Land schön ist. Wäre ich nur in Paris aufgewachsen, so würde ich wahrscheinlich genau wie alle andern empfinden, und diese ganze Herrlichkeit wäre für mich nur eine Dekoration. Eine bemalte Leinwand in der großen Oper würde alsdann die nämliche Wirkung auf mich ausüben. So aber konnte ich mir wenigstens einen Schimmer von Naturempfindung bewahren. Im übrigen bin ich durchaus nicht anders geartet als meine Herren Kollegen vom Salon. Auch meine Welt ist Paris. Ich anerkenne keine andre: Klubs, Sport und Rennen, liebenswürdige elegante Frauen, ein neuer Roman, brillant geschrieben, eine gesellschaftliche Sensation, und ich und meine Herren Kollegen sind mit unsrem Dasein vollkommen zufrieden.«

Da sie schwieg, fuhr er fort: »Ihr Deutschen seid andre Menschen. Wenn wir eure Sentimentalität bespötteln, so geschieht es in dem dumpfen Bewußtsein, daß ihr etwas besitzt, das uns fehlt. Anstatt zu bespötteln, sollten wir beneiden ... Aber jetzt blicken Sie um sich! Diese nämliche Straße zogen vor Jahrhunderten die Legionen der siegreichen Römer nach dem unterworfenen Gallien. Ihrem großen Kaiser Augustus ward dort oben ein Denkmal gesetzt und Dante hat die Schrecknisse dieses Felsenwegs in ewigen Strophen besungen. Sehen Sie dorthin! Was wie ein Gewölk auf dem Meer liegt, ist eine Insel: Korsika! Bis zu dem Vaterlande Napoleons hinüber schweift der Blick. Schön, nicht wahr? Es ist groß! Ich bin glücklich, die

Größe der Schöpfung an Ihrer Seite zu sehen. Mit Ihnen kann ich davon reden; mit Ihnen, die Sie mein guter Kamerad sein wollen. Es gibt Dinge, die man nicht aussprechen kann, sondern nur fühlen.«

Es half ihr nichts, sie mußte auf diese wohllautende Männerstimme hören, mußte sie zu ihrem Herzen reden lassen, mußte sich gestehen, daß der Mann an ihrer Seite zart und fein sein konnte. So tief er sie vorhin durch sein Geständnis verletzt hatte, so sehr schien er jetzt bemüht, sie jene peinvollen Augenblicke vergessen zu machen und ihr zu beweisen, es sei ihm heiliger Ernst damit, sie zu seiner guten Kameradin zu erwerben.

Aber – es gab Dinge, die sich nicht aussprechen, sondern nur fühlen ließen...

Jenseits des Passes verließen die beiden das Auto. Hoch über ihnen senkrecht aufsteigend nackte Wände – tief unter ihnen steil zum Meer abfallend kahle Klippen. Zwischen Höhe und Tiefe eine Schloßruine und graues Gemäuer, den Trümmern eines Bergsturzes gleich.

Es war Eze, einstmals der unzugängliche Sitz sarazenischer Seeräuber, jetzt eine armselige Wohnstätte. Ein Pfad führte von der Paßstraße hinunter.

Diesen Pfad gingen die beiden. Es war wie ein Schweben zwischen Himmel und Erde.

Was für ein sorgsamer Begleiter er war! Am liebsten hätte er ihr jeden Stein aus dem Wege geräumt, eine Arbeit, die nur ein Zauberer vollbringen konnte. An den abschüssigen Stellen blieb er stehen, um ihr die Hand zu reichen und sie zu stützen. Scholastika lachte ihn aus, was ihrem ernsthaften Gesicht wundersam stand, so daß er sie erstaunt ansah, wie dieses lachende Antlitz sie so völlig veränderte. Unter seinem bewundernden Blick errötend, erklärte sie ihm: »Ich bin ja doch ein Alpenkind; bei uns gibt es noch schlimmere Wege. Wenn ich in den Ferien nach Hause kam, kletterte ich wie eine Gemse die Felsen hinauf; und wenn Vetter Wolf mir helfen wollte, lachte ich ihn aus wie jetzt Sie. Einmal freilich verging mir das Lachen. Ich war übermütig gewesen, war ihm entwischt und hatte mich verstiegen wie ein dummes Zicklein. Endlich fand mich mein Vetter. Stundenlang hatte ich an einer schauervollen Stelle zusammengekauert gesessen, konnte nicht vorwärts, nicht rückwärts, konnte mich nicht regen. Aber ich rief nicht um Hilfe; denn ich wußte, Vetter Wolf würde mich finden. So war es auch. Er mußte mich auf den Armen hinuntertragen, denn mir dummem Ding wurde schwach zum Umsinken. Zu Hause erhoben sie ein großes Geschrei und priesen den Vetter, als hätte er eine Heldentat vollbracht und mir das Leben gerettet. Ich sollte ihm einen Kuß geben.«

»Sie küßten den jungen Helden?«

»Er wollte von mir gar keinen Kuß, war böse, weil ich das ganze Haus in Angst versetzt hatte, und ritt bitterböse fort. Ich aber weinte. Damals war ich zehn Jahre und Vetter Wolf sechzehn.«

»Wer ist denn dieser scharmante Herr, den Sie küssen sollten und über dessen Zorn Sie Tränen vergossen?«

»Wer er ist? Mein Vetter. Ich sagte es Ihnen ja doch!«

»Was ist er? Wer ist er?«

»Was er ist? Unser Nachbar und – ja, und ein prachtvoller Mensch. Wenigstens sagt das jeder, der ihn kennt, und ihn kennt das ganze Land. Wie er ist? Sehr anders als Sie. Sie würden über ihn spotten, obgleich er ein prachtvoller Mensch ist. Freilich ein rechter Oberbayer. Er lebt jahraus, jahrein auf seinem Bergschloß mit seinem Gesinde und den Dorfleuten, die ihn anbeten. Jahraus, jahrein bestellt er seine Felder, beforstet seine Wälder, schießt den Auerhahn, pirscht den Hirsch, jagt die Gems, lebt wie ein Bauer und ist dabei jeder Zoll ein Edelmann. Aber ich kann Vetter Wolf nicht schildern. Nicht Ihnen.«

»Weshalb nicht mir?«

»Weil Sie ihn nicht verstehen können.«

»O wirklich? Natürlich ist der prachtvolle Mensch rasend in Sie verliebt?«

»Mein Vetter ist viel zu stolz, um –«

Sie verstummte. Da sagte der Gatte ihrer Freundin und er sagte es in einem Ton, mit einem Blick: »Ich verstehe, daß Ihr Vetter Sie leidenschaftlich liebt. Ich verstehe es nur zu sehr.«

15

Das waren nun wiederum Gegensätze: ein von armseligen Hirten bewohntes armseliges Dorf, und zu Füßen dieses Geierhorsts das hesperische Küstenland. Oben starrende Klippen, unten Palmenhaine, Orangengärten, Olivenwälder, Hecken von Geranien und Rosen, Felder von Nelken und Margheriten, Fruchtbarkeit und Blühen ohne Ende, eine Überfülle des Segens der Scholle, darauf sich bunte Landsitze heiter erhoben.

Von bettelnden Kindern und hexenhaften alten Weibern verfolgt, stiegen die beiden durch die Wüstenei zu den glückseligen Gefilden hinab und erreichten zwischen Monaco und Beaulieu die längs des Meeres hinführende Straße. Unterwegs zitierte Graf von Roquebrune eine Stelle aus Dante, die sich auf diese Stätte bezog. Aber aus Dantes Hölle gingen sie ein in ein Paradies, wo ihnen der Dichter und dessen verklärte Geliebte hätten begegnen können, wie der Graf meinte. Er fügte bedeutsam hinzu: »Beatrice ist bereits gegenwärtig. Doch schreitet sie an der Seite eines armen Sünders, den alle ihre jungfräuliche Reinheit nicht entsündigen kann. Sie müßte denn ihre Seele zu der himmlischen Fürbitterin erheben: Maria, bitte für ihn! ... Santa Scholastika, bitte für mich.«

Mit strengem Ausdruck ward der dantekundige Herr zurechtgewiesen: »Sie lästern, Graf. Sollten Sie sich das noch einmal erlauben, so kann ich Ihre gute Kameradin nicht sein.«

Er wollte ihre Hand ergreifen und sie an seine Lippen führen. Scholastika entzog sie ihm jedoch.

Frau Gräfin lassen bitten, den Tee im Schlafzimmer der Frau Gräfin zu nehmen.«

So meldete Jean Baptiste der Zurückkehrenden. Scholastika wollte sich in aller Eile zurechtmachen; aber der Lakai hatte den Auftrag, zu sagen, sie möge sogleich kommen. Also ging sie, mit einem ganz neuen Gefühl von Befangenheit, als hätte sie gegen die Freundin eine Untreue begangen; und sie war sich doch keiner andern Schuld bewußt, als daß sie des Grafen Bekenntnis angehört hatte: Yvonne wurde von ihrem Gatten nicht geliebt und liebte ihren Gatten nicht. Es mußte dieses Wissen sein, welches sich als schwerer Druck auf sie legte. Oder war es, daß der Graf zu ihr gesprochen hatte mit solcher Stimme, solchem Blick? Daß er ihr gesagt hatte, was sie seiner Frau verheimlichen mußte? Und sie hatte es geduldet!

Von Yvonne auf das Zärtlichste empfangen, mußte sie denken, wie es möglich sei, dieses reizende Frauenwesen nicht zu lieben? Welcher Mann vermochte dem Zauber, der von ihr ausging, zu widerstehen? Als sie Yvonne auf ihrem Kleopatralager in ihrer ganzen Holdseligkeit sah, fiel die Last ihres Schuldbewußtseins von ihr. Unmöglich war, daß der Graf seine Frau nicht liebte!

Die Reizende plauderte: »Habt ihr euch ohne mich gut unterhalten? War mein Herr Gemahl artig gegen dich? Hat er dir den Hof gemacht? Dir seine Liebe erklärt, während ich armes kleines Ding einsam auf dem Krankenbett lag? Denn ich will von euch beiden unaussprechlich bedauert werden. Du bedauerst mich doch?«

So schwatzte sie mit ihrem sonnigen Lächeln und dem Stimmchen wie Vogelgezwitscher. Scholastika setzte sich zu ihr und bedauerte sie von ganzem Herzen. Aber als sie sagen wollte, wie leid ihr täte, daß Yvonne bei der herrlichen Fahrt nicht dabei gewesen, brachte sie kein Wort über die Lippen.

Zwei Lakaien trugen den Tisch mit dem silbernen Teeservice in das Schlafgemach, und Scholastika bereitete den Tee. Es war ein Tag wie im Frühsommer. Durch das geöffnete Fenster schien die Abendsonne ins Zimmer, an dessen Wänden geflügelte Liebesgötter Rosengewinde befestigten, von dessen Decke Genien Rosen herabstreuten. Die Küste erglühte über dem schwarzblauen Meer, daß die Felsen in Flammen zu stehen schienen, und in der Ferne erhob sich in Purpurfarbe das Esterelgebirge gleich einem von dem Brand der Abendsonne erfaßten Gewölk.

Scholastika sollte der Freundin jedes mit dem Grafen gesprochene Wort wiederholen. Sie sagte: »Der Graf bat mich, ihm eine gute Kameradin zu sein, so wie ich dir eine treue Freundin bin. Daraus magst du entnehmen, daß dein Mann dasselbe schöne Vertrauen zu mir hat wie du. Und nun bitte ich dich, mich nicht weiter zu fragen. Ich dachte beständig an dich, fühlte beständig, wie sehr ich dich liebe. Nur das eine möchte ich dir noch sagen: schmerzlich empfand ich die Verschiedenheit unsrer Naturen, eurer französischen und meiner deutschen Art. Ich empfand diese nicht zu vermittelnden Unterschiede heute mit solcher Schärfe, daß ich darüber erschrak. Als wir zusammen im Institut waren, wurde ich mir ihrer nicht bewußt. Ich mußte erst in meine Heimat zurückkehren und dann zu euch kommen, um das Trennende zwischen beiden Nationen zu empfinden. Du und dein Gatte müssen viel Nachsicht mit mir haben; denn das schwerfällige Deutsche in mir kann euch unmöglich sympathisch sein. Ich fühle, wie unliebenswürdig ich im Gegensatz zu euch bin. Das bedrückt mich.«

Höchlichst amüsiert rief Yvonne: »Wie schade, daß Charles dein hübsches Selbstbekenntnis nicht mitanhörte. Du bist einfach rührend! So wonnig deutsch! Du bist allerliebst! Dabei ahnst du es nicht einmal. Wir Pariserinnen können solche reizende Naivität mit aller Kunst nicht fertig bringen. Ich beneide dich aufrichtig. Es wäre eine neue hübsche Rolle in unserm Repertoir ... Jetzt bist du über solche Frivolität gleich wieder sittlich entrüstet.«

Der Gong ertönte. Scholastika mußte sich für das Diner umkleiden. Yvonne rief der Freundin nach: »Mache dich heute für Charles besonders schön. Wie du weißt, liebt er elegante Frauen. Die neue Nizzaer Toilette steht dir ausgezeichnet. Ich lasse dir dazu vom Gärtner Parmaveilchen bringen ... Gutenacht, Liebling. Sage Charles von mir Gutenacht.«

Scholastika machte sich für den Grafen nicht schön. Sie ließ sich von Zenz – was war aus der alten guten Jenz im Schloß von Monaco für eine heimwehkranke Seele geworden – das weiße Seidenkleid bringen, das lächerlich schlicht und unmodern war, und den prachtvollen Strauß Parmaveilchen steckte sie nicht an.

Sie speiste allein mit dem Grafen, bedient von dem großartigen Haushofmeister in schwarzseidenen Kniehosen, schwarzseidenen Strümpfen und Schnallenschuhen, sowie von zwei Lakaien in der dunkelvioletten gräflichen Livree mit reichem Behang von Silberschnüren. Was die Toilette betraf, so erreichte Scholastika ihre Absicht, sich für den Grafen nicht schön zu machen, indes ganz und gar nicht. Das erste, was der Graf, als er sie zu Tsch führte, mit unterdrückter Stimme zu ihr sagte, war: »In diesem Kleide sah ich Sie am ersten Abend. Ich werde es nie vergessen und danke Ihnen, daß Sie das keusche Gewand heute anlegten, gerade heute! Darf ich mir schmeicheln, daß Sie es für mich taten?«

Scholastika fand die Ruhe, ablehnend zu antworten: »Sie irren. Gerade heute wollte ich Ihnen, der Sie nur elegante Frauen bewundern, möglichst unelegant erscheinen, überhaupt würde mir niemals einfallen, für Sie eigens Toilette zu machen. Wie kommen Sie darauf?«

»Jedenfalls bewundere ich Sie, was Sie mir zum Glück nicht verbieten können ... Wie reizend, daß gerade heute keine Gäste anwesend sind und der Kaplan verhindert ist!«

Darauf plauderte er auf das harmloseste über alles mögliche. Schweigend hörte Scholastika zu. Auch jetzt wollte sie sich gegen den Eindruck, den der große Charmeur auf sie machte, wehren, mußte sich jedoch auch heute widerstrebend gestehen, daß er die nationale Eigenschaft der Franzosen, Liebenswürdigkeit, in höchstem Maße besaß; ja daß er in dieser Kunst Meister war.

Dann bot er ihr den Arm und führte sie in den kleinen intimen Raum, in dem der Kaffee eingenommen und eine Zigarette angesteckt wurde. Jetzt erst richtete Scholastika ihre Botschaft aus: »Yvonne ist müde und läßt Ihnen Gutenacht wünschen. Ich glaube, sie würde sich freuen, wenn Sie nach ihr sehen wollten. Sie war heute den ganzen Tag über einsam. Da Sie jedenfalls nach Monaco fahren, sage ich Ihnen jetzt Gutenacht.«

»Ich werde sogleich zu meiner holden Einsamen eilen – da meine Kameradin es wünscht; werde diese jedoch als Lohn für meinen Gehorsam bitten, mich hier zu erwarten; werde sie bitten, mir den Abend zu schenken. Ich möchte Ihnen nämlich aus meinem Lieblingsdichter vorlesen, und Sie würden mich glücklich machen, heute meine Zuhörerin zu sein.«

»Aus Ihrem Lieblingsdichter? Wer ist das?«

»Mistral. Sie müssen seine ›Mireïo‹ kennen lernen. Es ist das Hohelied der Provence, deren Lüfte uns hier schon umwehen, deren Düfte wir hier bereits atmen. Wenn die Deutschen ihren Faust und ihr Gretchen haben, so besitzen wir Südfranzosen unsre Mireïo, das keuscheste, lieblichste, wonnigste Geschöpf, das eines wahrhaft heiligen Liebestodes stirbt ... Würden Sie mir das Glück dieser einen Stunde gewähren? Gerade heute?«

Sie gewährte, »gerade heute!«

16

Die Provence, die sonnendurchglühte Heimat der Troubadoure, der Sänger todbereiten Heldentums und ausschweifender Liebesromantik, das Vaterland des edeln Bertrand de Born und Mistrals, des Dichters der »Mireïo« – Es war dieser hohe Geist, dessen Bann Scholastikas erregtes Empfinden verfiel. Der Graf war des Provenzalischen vollkommen mächtig und las das Hohelied keuscher Liebe mit seiner weichen, wohllautenden Stimme in französischer Übersetzung. So hingen denn Scholastikas Augen an seinen Lippen und ihre Seele trank die herrlichen Strophen der durch einen Dichter von Gottes Gnaden verklärten Liebe der holden armen Mireïo als süßes Gift. Das war eine andre Lektüre als die, welche die Zöglinge der vornehmen Brüsseler Bildungsanstalt einander zugesteckt und mit heftig pochendem Herzen und heiß pulsierendem Blut heimlich gelesen hatten: die mystische Sinnlichkeit der Dramen Maeterlincks und die den jungen Gemütern unverständlichen Verse Baudelaires und Verlaines, oder gar eine der Novellen Maupassants.

Yvonne war schnell wissend geworden, Scholastika in rührender Naivität unwissend geblieben. Gerade das war ihr Reiz, besonders für einen Mann, wie der Graf es war, der solche Frauen bisher nicht gekannt hatte...

Aus dem einen Leseabend wurden viele. Schon beim Erwachen freute sich Scholastika darauf. Sie träumte von Mireïo, hörte die Stimme des Vorlesers im Traum, lauschte auf ihren Wohllaut. Auch der Graf erwartete die abendliche Stunde voller Ungeduld. Er las vortrefflich und es war ihm etwas ganz Neues, das schöne junge Antlitz zu dem seinen aufgehoben zu sehen, glaubte er doch, seiner Sache sicher zu sein und sich durch die Herrlichkeit des Dichters derjenigen bemächtigen zu können, über deren Seele er Gewalt gewinnen wollte: in den Augen der Reinen konnte ein Mann, der mit solcher Inbrunst einer großen Dichtung sich hingab, kein unedler Mensch sein.

Und Yvonne?

Sie war ausgeruht, blühte in jugendlicher Lieblichkeit und in rosigster Laune, war die Holdseligkeit selbst gegen die Freundin, den Liebling sowohl wie gegen den Gatten. Und immer war sie strahlend wie die Sonne des Südens.

Eines Abends sagte sie den beiden: »Wie gut ihr zueinander paßt! Es ist wonnig, euch zusammenzusehen. Was für eine kleine Hexe du bist! Zu denken, daß Charles selig ist – denn das ist er – stundenlang stillzusitzen und dir vorzulesen. Dieses ganze dicke Buch! Lauter Verse! Nicht einmal moderne Verse! Dumm, wie ich bin, versteh ich nicht, wie man das schön finden kann. Das ist natürlich meine Schuld, weil ich solch unausstehliches modernes Geschöpf bin. Liebling dagegen ist altmodisch, was ihr entzückend steht. Sie sollte sich abends einen Veilchenkranz aufsetzen, was zu eurer holden Mireïo herrlich passen würde. Ihr könntet auch beide provenzalisches Schäferkostüm anlegen: Charles als schmachtender Schäfer zu Füßen seiner Schäferin, ein Bild frommer Unschuld ...Bin ich nicht allerliebst, euch solchen idyllischen Vorschlag zu machen? Lest! Lest! Aber seid nicht böse, wenn ich dabei einschlafe. Charles liest wunderhübsch, für meinen Geschmack etwas zu pathetisch. Es bleibt ein Wunder, daß er dir vorliest, statt nach Monte Carlo zu fahren. Gestern war er sogar ernstlich böse mit mir. Stelle dir vor: ernstlich böse war der schlimme Mann mit seiner armen kleinen Frau, weil ich Gäste haben, er aber allein bleiben wollte, was gewiß reizend, aber doch schauderhaft langweilig ist.«

Sie blieben allein und der Graf las –

Im übrigen blieb es bei dem gewohnten Leben, dem Leben der großen Welt. Es waren Tag für Tag dieselben Zerstreuungen, Vergnügungen genannt, waren Tag für Tag dieselben Besuche und Ausfahrten, Dejeuners und Diners, Konzerte und Bälle in Monte Carlo oder in der Fettée von Nizza. Dazu kamen Regatten in Mentone, Rennen in Nizza, Karnevalumzüge, Spiel im Kasino und sonst allerlei Feste. Das Hauptinteresse galt stets irgend einer gesellschaftlichen Sensation: dem Rennen, dem Spiel, der letzten Mode oder den Verhältnissen des Grafen X. zur Marquise Z.; galt der Liaison des Fürsten Soundso zu einer von »diesen Damen«. Man sprach davon, wie man vom Wetter sprach.

Das alles wurde proklamiert als Lebensfreude und Lebensglück, als jene Freude und jenes Glück, davon Scholastika in der dumpfen Enge des Elternhauses geträumt, danach sie sich gesehnt hatte.

Davon geträumt –

Das war nicht das rechte Wort. Einer Fata Morgana gleich hatte sie das Bild eines solchen Lebens vor sich erblickt als eitel Glorie und Glanz.

Danach sich gesehnt –

Auch das war der falsche Ausdruck. Wonach sie sich gesehnt hatte, das war etwas andres gewesen. Sie hatte dafür nur nicht den Namen gewußt. Jetzt wußte sie ihn. Er lautete: Liebe.

Graf Roquebrune las für sie der Liebe Hoheslied. Was sie dabei fühlte, schien eine Allmacht zu sein, die vom Himmel zu ihr niederstieg. So geschah es, daß sie sich der Leere ihres Lebens nicht bewußt wurde. Auch legte sie in alles, was in diesem Leben rein äußerlich, oberflächlich oder frivol war, von ihrem eigenen Wesen, das von jedem Staube einer solchen Welt unberührt geblieben war. Zu dem Mitleid für die von dem Gatten nicht wiedergeliebte arme kleine Yvonne gesellte sich das Mitleid für den gleichfalls nicht geliebten Ehemann. Es war das Mitleid einer reinen Frauenseele für einen Menschen, der bekannt hatte, er fühle sich schuldig und sehne sich nach Sühne, nach Besserung.

Gerade ihre Liebe hätte an ihm das Besserungswerk vollbringen können, um welches er die Freundin angefleht. Darüber mit Yvonne zu sprechen, scheute sie sich; es wäre ein Vertrauensbruch gegen den Mann gewesen, dem sie eine gute Kameradin sein wollte. Sie hatte sein Bekenntnis empfangen und mußte es als Geheimnis bewahren. An der Wahrheit dieses Bekenntnisses zu zweifeln, kam ihr nicht in den Sinn.

Eine ähnliche starke Wirkung übte auf Scholastika die Natur aus. Wie hätte die Tochter des rauhen Nordens bei der Herrlichkeit dieser elysäischen Landschaft zu dem Bewußtsein der Äußerlichkeit, der Hohlheit und Sittenlosigkeit jener Menschheit gelangen sollen? Mitten im Winter dieser Frühling! Jeder Morgen brachte ein neues Blütenwunder. Konnte dem Schoß von Mutter Erde wirklich solcher Lenz entsprießen? Jede Scholle trug ein Stücklein Eden. Das Blühen an diesen Küsten war ohne Ende, löste doch jede Jahreszeit in immer größerer Üppigkeit die andre ab. Und zu Hause – In den Briefen, die Scholastika aus der Heimat erhielt, wurde ihr mitgeteilt, daß dort noch immer Winter sei. Armes Deutschland! Es war vom Himmel wahrlich nicht begnadet worden. Wenn die Zenz vor Heimweh nach der in Eis und Schnee versunkenen Heimat fast verging und nicht aufhörte, den weißen Tod des Hochgebirgs als etwas unsäglich Herrliches zu preisen, wenn sie den verschneiten Seehof tausendmal schöner fand als die blühende Pracht der Riviera, wenn sie sich sogar gestattete, den Vetter Freiherrn gegen den feinen Herrn Grafen auszuspielen, so konnte Scholastika bitterböse werden.

Scholastika machte täglich einen weiten Spaziergang. Da sie in aller Frühe aufstand, hatte sie einen langen Vormittag vor sich. Yvonne wußte nichts von der Schönheit des Morgens, erhob sich niemals vor dem Mittag und bedurfte für ihre Toilette einer vollen Stunde. Auch der Graf war kein Frühaufsteher. Gewöhnlich begab er sich nach dem Diner oder auch erst nach der Vorlesung der Mireïo, also häufig nach Mitternacht, nach Monte Carlo, von wo er häufig erst im Morgengrauen zurückkehrte. Scholastika erfuhr davon durch die Zenz, verbot dieser jedoch, ihr von den Vorgängen im Hause zu berichten.

Also gehörte der Vormittag, die ihr liebste Tageszeit, ihr allein. Ihr Lieblingsweg führte sie auf die Felsenstraße gegen Nizza zu. Hier hatte sie das Meer zur Linken, häufig tief unter sich an senkrecht abfallenden Klippen brandend, zur Rechten über einem tropischen Gartengefilde die rotbraunen Steinmassen der Tête de Chien; und vor ihr erhob sich, einer Fata Morgana gleich, das Esterelgebirge mit seinen in die wolkenlose Bläue aufsteigenden Zinken und Zacken.

Bei der Station Eze, nahe dem Meere, inmitten von Blumengefilden, Orangengärten und Palmenhainen befand sich ein Landhaus, das immer von neuem ihr Entzücken war. Wegen der Farbe seiner Mauern hatte sie der Villa den Namen des »blauen Hauses« gegeben, und wegen seiner traumhaften Schönheit erschien es der Deutschen als die blaue Blume landschaftlicher Schönheit des Südens.

Wer mochten die Bewohner sein? Gewiß ein junges Paar, ein glücklicheres, als Graf und Gräfin von Roquebrune waren. Denn nur glückliche Menschen konnten in dem blauen Hause über der leuchtenden Meeresflut unter den königlichen Palmen, inmitten der Blütengefilde leben; nur solche, die sich liebten.

Scholastika schritt an dem blauen Hause vorüber. Sie passierte den Tunnel der Felsenstraße und gelangte zu dem wegen seiner tropischen Vegetation »das kleine Afrika« genannten Teil des Villenviertels von Beaulieu. Auch hier hielt sie sich nicht auf, sondern setzte ihren Spaziergang fort bis zur Halbinsel von Saint Jean, auf welcher der galante König der Belgier ein von Wellen umrauschtes Buen Retiro sich geschaffen hatte. Sie schlug einen Pfad längs des Meeres ein, der nach dem Kap von Saint Hospice führte. Dort war es feierlich schon. Jede Stunde an dieser Stätte verbracht, ward für sie, die fromme Katholikin, zur Andacht, zu einer Art von Hochamt der Natur. Das Brausen der Meeresbrandung vertrat die Stelle der Orgel, der Sturm erschien ihr als die Stimme des Priesters, und sie hätte es für kein Wunder gehalten, wäre über die Wogen der Herr zu ihr geschritten gekommen.

Auf dem in die See weit vorspringenden Riff lagen die Reste einer Sarazenenburg, sowie ein einsames Kirchlein, von verwilderten Gräbern umgeben. Fischer von Saint Jean erzählten der fremden goldhaarigen Frau, dort fänden jene Toten die letzte Ruhe, die von den Wellen an den Strand geworfen wurden. Namenlos erhoben sich über den Hügeln die morschen Kreuze.

Scholastika liebte es, inmitten der Gräber zu ruhen und darüber zu sinnen, wer wohl die Namenlosen gewesen sein mochten? Gewiß weinte um sie in fernen Landen immer noch eine Mutter, Gattin oder Braut; gewiß waren sie immer noch unvergessen, die angesichts der schönsten Küste der Welt ihr tragisches Ende gefunden hatten. Unbegrenzt flog von dort aus der Blick über Gestade und Meer, bis blauende Dünste wie ein Vorhang über einem zauberischen Schauspiel sich senkten.

Die morschen Kreuze der Schiffbrüchigen waren zum Teil niedergeweht und die namenlosen Grabstätten dem felsigen Erdboden gleich geworden. Statt der Blumen umwucherte sie Unkraut.

Bei jedem Besuch machte sich Scholastika daran, eines der trostlosen Gräber von Gestrüpp und Unkraut zu befreien und eine Fülle wilder Blumen darüber auszustreuen. Wenn dann das verlassene Grab einem bunten Teppich glich, so freute sie sich. Was sie bei dem frommen Werk immer von neuem bedrückte, war ein Gefühl, als vollzöge sie damit eine Buße.

Für welche Schuld?

Immer wieder mußte Scholastika aus Yvonnes Munde hören, weshalb die Frau nicht eifersüchtig sein durfte. Besonders die Pariserin nicht.

»Es wäre zu dumm! In Paris – ich spreche nur von Paris – gibt es in der Gesellschaft kaum eine Frau, deren Gatte nicht eine Freundin hätte, die er wechselt wie seine Krawatte. Was sollte bei solchem Leben der Herren Ehegatten aus uns armen Frauen werden, wären wir eifersüchtig? Denke doch! Was bleibt uns also übrig, als zu versuchen, unsrerseits auch andern als unsern Ehemännern zu gefallen; eben damit diese Herren auf die Reize ihrer Gattinnen aufmerksam werden. Wodurch wurde die Pariserin Königin der Mode? Weil sie nicht eifersüchtig sein durfte und auch andern Männern als den eigenen gefallen mußte. Unsre Gatten selbst haben uns zu dem gemacht, was wir sind: reizende, bezaubernde, berückende Geschöpfe. Weniger reizend durch Schönheit als durch Anmut, Eleganz, Verfeinerung. Uns Frauen von Welt sagt man nach, wir wählten als Vorbild die Freundinnen unsrer Männer. Das ist aber doch selbstverständlich. Unsre Männer zwingen uns dazu, indem jene Damen uns zeigen, was unsern Männern an den Frauen gefällt. Und wir wollen ihnen ja doch gefallen. In deinem tugendhaften Deutschland wird es kaum anders sein; denn Mann bleibt Mann und Frau bleibt Frau. Bitte, mache nicht gleich deine wilden Augen, die, wie du recht gut weißt, dann am schönsten sind. Du bist mit diesen wilden Augen eine wahrhafte Circe, wie Charles neulich sagte. Im Grunde deiner Gretchenseele hörst du es ja doch gern, wenn er dich bewundert. Du machst es dir nur nicht klar, es fehlt dir dazu der Mut … Weshalb errötest du? Siehst du wohl, wie gut ich dich kenne, ein dummes kleines Ding, wie ich bin. Was hülfe mir mein hübsches Gesicht, wäre ich nicht eben auch, wie andre Frauen sind.«

Einen fast noch stärkeren Eindruck als jenes Gespräch mit Yvonne machte auf sie etwas andres. Scholastika sprach zu der Freundin von der Hoffnung auf künftige Mutterfreuden, die gewiß nicht ausbleiben würden. Yvonne starrte sie entsetzt an und rief aus: »Was sagst du? Mutterfreuden? Ich sollte auf Mutterfreuden hoffen? Das wäre furchtbar! Ich brauche keine Mutterfreuden, will keine haben! Was sollte ich mit einem Kinde anfangen? Ich würde eine schlechte Mutter sein! Und Charles? Glaubst du, Charles wünscht sich ein Kind? Gewiß nicht! Und der Arzt? Der Arzt meint – sieh mich doch an! Ich bin für die Mutterschaft ein viel zu zartes Geschöpf. Das mußt du doch einsehen. Jedenfalls sieht Charles es ein. Er soll mich nicht verunstaltet sehen. Es ist so häßlich! Klug, wie du bist, mußt du doch längst gemerkt haben, wie wenig verliebt Charles in mich ist. Eine jede von jenen Damen gefällt ihm besser als ich, seine Frau. Da will ich denn also wenigstens so reizend sein und bleiben, wie ich nur irgend kann … Jetzt bist du wieder sittlich empört, hältst mich für ein kleines unmoralisches Scheusal. Ich bin es auch. Aber ich bin um nichts besser als tausend andre meiner lieben Landsmänninnen. Ihr deutschen Frauen seid für die Mutterschaft geboren, ein volles Dutzend Kinder wäre euch gerade genug. Eine furchtbare Vorstellung! Aber ob eure Männer euch deshalb treuer sind als uns die unsern? Bildet es euch in Gottesnamen ein, ihr guten Geschöpfe. Ich glaube, eine deutsche Frau, deren Gatte ihr untreu ist, ringt trotz aller ihrer Mutterfreuden verzweifelt die Hände, weint sich die Augen aus, klagt Gott und die Welt an, wimmert: ›Und ich habe dem untreuen Mann doch ein halbes Dutzend Kinder geboren! Es kann auch ein ganzes sein.‹«

Scholastika erfüllte nach solchen Bekenntnissen der schönen Seele einer Pariserin tiefe Traurigkeit. Wiederum ergriff sie schmerzliches Mitleid mit der Freundin, und ein fast noch schmerzlicheres mit dem Manne, dessen Frau derartige Grundsätze als etwas ganz Natürliches aussprach. Und das mit dem Lächeln eines unschuldigen Kindes. Sie konnte nicht länger zweifeln, der Graf mußte in seiner Ehe unglücklich sein. Mehr und mehr verstärkte sich dieser Eindruck durch seinen Vortrag von Mistrals »Hohem Lied«. Gewiß, er sehnte sich nach Liebe und Glück! Nach der Liebe seiner Gattin, dem Glück seiner Ehe, sehnte sich nach einer Familie. Sie wagte nicht auszudenken, in welchem Maße ihr Mitleid mit ihm wuchs. Nicht einmal das machte sie sich klar, selbst dazu gebrach es ihr an Mut. Sie war schwach und feig und litt sehr…

In einer Nacht erhob sich Sturm: Nordwest! Es war der Mistral. Der wütende Wind, der das Meer aufwühlte und Felsen zersplitterte, führte den Namen des Sängers süßester Liebeslust und bittersten Liebesleids. Das Meer brauste und brüllte. Haushoch schleuderte die empörte See den Schaum ihrer Wogen, die in langer Kette angerollt kamen. Nichts glich der furchtbaren Herrlichkeit dieses Anblicks.

Scholastika erfaßte leidenschaftliches Entzücken über die Pracht der in tosendem Aufruhr begriffenen Natur. Die See bedeckte nächtliche Schwärze und die gischtgekrönten Wogenkämme erschienen wie andrängende Geisterheere. Sie sah sie von weither näher und näher sich wälzen und harrte mit angehaltenem Atem des Augenblicks, wo sie an den Klippen zerschellten. Zu dem Brüllen der See gesellte sich das Heulen des Sturmes. Wie Weltuntergang war's.

Es litt sie nicht länger im Hause. Sie warf einen Mantel um, hüllte den Kopf in einen Schleier und schlich hinaus. Hätte man sie gesehen, wäre sie gewaltsam zurückgehalten worden: »Komtesse dürfen nicht fort. Komtesse kennen nicht den Sturm. Es ist der Mistral!«

Sie ging den gewohnten Weg. Der Sturm raste ihr entgegen, brauste von der Seite auf sie ein. Sie kämpfte mit dem Element. Wie stark sie war, wie jung sie sich fühlte! Ihre starke Jugend bezwang den Feind. Die Höhe von Kap d'Ail war glücklich erreicht; aber hier hätte es sie fast zu Boden gerissen. Sie kämpfte sich jedoch weiter, drang vorwärts, bis zu der sonst so friedlichen Bucht unterhalb von Eze, an der das blaue Haus lag: ihr blaues Haus!

Waren die Felsen noch nicht herabgeschleudert, das Meer noch nicht über das Ufer getreten, die Palmenhaine mit dem Landhaus noch nicht in den Wellengrund hinabgerissen worden? Die Kronen der Palmen schwankten gleich Schilfrohr und viele der riesenhaften Eukalyptusbäume waren geknickt, als wären es Strohhalme.

Immer weiter vorwärts! Unwiderstehlich trieb es sie auch heute zu ihrem Lieblingsplatz, der Klippe von Saint Hospice mit dem ruinenhaften Sarazenenturm und dem kleinen einsamen Heiligtum. Dort mußte der Aufruhr der Elemente herrlich sein! Sie wollte dort das erhabene Schauspiel erleben...

Als sie dort anlangte, wurden Turm und Kapelle überschüttet von den Wasserstürzen, umhüllt von fahlen flutenden Schleiern. Einem Grabschänder gleich hatte der Sturm von den Grüften die Kreuze gerissen.

Auf dem Felde der namenlosen Toten gab es ein Grab, welches Scholastika stets mit ihren schönsten Blumen geschmückt hatte. Es war das verfallenste von allen. Sie wußte nicht, weshalb sie gerade auf dieses Grab ihre schönsten Blumen niederlegte; aber sie bildete sich ein, es sei das Grab eines Jünglings, auf dessen Heimkehr Tag für Tag die Mutter wartete. Das verlassene Grab erinnerte sie an einige Strophen, die sie irgendwo einmal gehört:

Friedhof am Meer
(Saint Jean sur Mer)

Du kleiner Friedhof auf der steilen Klippe, Den blaue Wogen schmeichlerisch umkosen – Wer dächte an das schreckliche Gerippe Bei deinen Nelken, deinen wilden Rosen? O dürfte bei Zypressen und Agaven Ich hier den letzten langen Schlummer schlafen!, O war' vergönnt mir, daß die müde Seele Sich hier einst dem Unendlichen vermähle.

Noch hatten Sturm und Wogen auf dem Grabe das namenlose Kreuz nicht umgerissen, das einzige, welches noch stand.

Aber jener heranrollende Wellenberg mußte jetzt auch dieses letzte noch aufrechtstehende Kreuz brechen. Er mußte die Gruft aufwühlen und den Toten mit sich davontragen, zurück in den Abgrund der Fluten.

Als gelte es nicht einem Gestorbenen, sondern einem Lebenden, der mit der Vernichtung rang, stürzte Scholastika zu dem Grabe.

Sie warf sich nieder und umklammerte das Kreuz mit beiden Armen.

Die Welle rollte heulend, brüllend heran, gepeitscht von dem Sturm. Sie stürzte sich auf den Friedhof und das Grab und hätte statt des Toten die Lebende mit sich gerissen, als diese sich umschlungen und emporgehoben fühlte.

Umschlungen und emporgehoben von den Armen des Mannes, der sie aus dem Hause hatte schleichen sehen und der ihr gefolgt war; umschlungen und emporgehoben von den Armen des Mannes, der sie an seiner Brust hielt, ihr zujubelnd, daß er sie liebe und sie gerettet hatte.

19

Es war nur ein Augenblick. Aber der Mensch soll ja wohl in einem Augenblick Ewigkeiten erleben können. Als der Graf die aus Todesgefahr Gerettete an seiner Brust hielt, rief er ihr triumphierend zu, daß er wisse, wie auch sie ihn liebe, daß sie also ihm gehöre! Aber schon in der nächsten Sekunde hatte sie sich losgerissen und stand vor ihm mit einem Gesicht, als sei sie in Wahrheit eine vom Tode Erstandene und empfände noch alles Grausen des Mysteriums des Nichtseins.

Totenbleich starrte sie auf den Mann, der gewagt hatte, nach ihr die Hand auszustrecken und von ihrem geheimsten Innern den Schleier zu heben. Ja, sie liebte ihn! Aber ihm angehören – angehören dem Gatten einer andern, die sie Freundin nannte, die ihr vertraute, in deren Haus sie als Gast weilte –

Der Sturm hatte ihr die Hülle vom Kopf gerissen und das Haar gelöst. Mit todblassem Gesicht, umleuchtet von ihrem Haar, starres Entsetzen im Blick, stand sie vor dem Mann, der ihr Versucher sein wollte, als sei sie die Verkörperung des Elements, das die beiden einsamen Gestalten auf der vom Meer umbrausten Klippe umtobte. Jede andre wäre vom Sturm zu Boden geworfen worden. Sie aber stand aufrecht, und als er sie stützen wollte, rief sie ihm gebieterisch zu: »Rühren Sie mich nicht an!«

Sie schritt von ihm fort, mit flatterndem Haar, umbraust vom Mistral, dem schrecklichen Sänger der Lüfte...

Ja, sie liebte diesen Mann, den Gatten der Freundin. Das wußte sie jetzt. Sie wurde von ihm wiedergeliebt. Das wußte sie seit jener Fahrt auf der Felsenstraße hoch über dem Meer.

Damals hatte er ihr gesagt, sie solle seine gute Freundin, sein treuer Kamerad sein, solle ihm helfen, besser zu werden. Weil er sie liebe, würde ihre treue Kameradschaft ihn zu einem andern, besseren Menschen machen. Und sie hatte daran geglaubt und war geblieben. Während eines einzigen Augenblicks war dieser Wahn zerstört worden: während des einen Augenblicks, da sie an seiner Brust gelegen und er ihr jubelnd zugerufen hatte, daß sie ihn liebe und ihm angehöre.

Was nun?

Sie wollte denken, wollte überlegen, wollte einen Entschluß fassen. Im Brausen des Sturmes hörte sie seine Stimme, leise und leidenschaftlich, lockend und zärtlich, und siehe: es war die Stimme des Versuchers. Sie mußte die Stimme in sich erst ersticken, bevor sie auf eine andre hören konnte, auf die Stimme des Gewissens, der Ehre und der Liebe: der Liebe, nicht zu dem Manne, sondern zu dessen Gattin.

»Yvonne, steh mir bei! Hilf mir, rette mich! Rette mich, die ich dich doch liebe, vor dem Versucher, der dein Gatte ist!«

Sie sprach es laut vor sich hin, kaum wissend, daß sie es tat. Es war jedoch, als hätte sie damit unheilvolle Gewalten gebannt. Der böse Geist, der mit der geliebten Stimme ihr zuraunte, daß sie ihm gehöre, wich aus ihr und sie konnte die andre Stimme wieder vernehmen, welche die Sprache ihrer eigenen Seele war. Diese rief ihr zu: ›Du mußt fort! Sogleich mußt du fort! Heute noch mußt du fort! Zurück nach Hause! Dort erheben sich die Alpen, die Altäre der Erde, die deine Heimat sind. Dort leben die Menschen, die deinesgleichen sind. Dort ist für dich die Welt ohne Versuchung, ist eine bessere Welt, als diese Gefilde höchster Erdenschönheit es sind. Also fort von hier! Heute noch fort! Er hat dich gerettet vor der Meereswoge; du aber mußt dich vor ihm retten.‹

Dort lag das blaue Haus. Als sie vor einer Stunde daran vorüberkam, war für sie die Welt noch eine andre gewesen: vor einer Stunde noch! Da hatte sie zu dem einsamen Hause aufgeblickt und davon geträumt, wie es sein müßte, unter den Kronen seiner Palmen, unter seinen Rosen zu leben, das Meer zu Füßen, zwei Liebende, zwei Glückliche. Und nun? Auch dieses Stück Eden erschien ihr plötzlich verwandelt. Wohl war diese Natur ein Paradies, aber in dem Paradiese lauerte die Schlange der Versuchung.

›Ein glückliches Menschenpaar!‹

Von einem solchen hatte er einmal zu ihr gesprochen, gleichsam in tiefer Ergriffenheit. Seine Worte hatten sich in ihr Herz gegraben und jetzt mußte sie seine Worte wieder aus ihrem Herzen reißen. Auch das hatte er ihr gesagt: »Für den Liebenden, den Glücklichen, gibt es kein Unrecht, keine Schuld. Liebe und Glück heiligen, was Menschen Unrecht und Schuld nennen. Der Mensch besitzt auf Liebe und Glück ein göttliches Anrecht und es gibt nur ein einziges Glück: Liebe! Liebe aber ist von der Gottheit. Die Frau, die einen geliebten Mann glücklich macht, ist gebenedeit.«

So hatte er ihr zugesprochen und wider Willen hatte sie darauf gelauscht, als wären es die Worte eines Verkündigers alles Heils. Schon daß sie darauf gehört und die Worte im Herzen bewahrt hatte, war Schuld gewesen.

» *Mea culpa, mea culpa, mea maxima culpa!*«

Aber jetzt war die Zeit der Buße gekommen: sie mußte fort!

Was würde sie Yvonne sagen? Eine Lüge. Sie habe einen Brief erhalten. Ihr Vater oder ihre Mutter sei plötzlich erkrankt. Sie müsse sogleich abreisen.

Wie häßlich das war! Ihre schwer erkrankten Eltern als Vorwand zu nehmen – Pfui, o pfui!

Also keine Lüge, also die Wahrheit. Und die Wahrheit war: »Ich muß fort, denn ich liebe deinen Gatten. Ich wußte, daß dein Gatte mich liebt, und blieb trotzdem in deinem Hause und an deinem Herzen. Du mußt mich aus deinem Hause jagen, von deinem Herzen fortstoßen. Denn bleibe ich, so werde ich ihm angehören, verstehst du: ihm angehören!... Du willst mich nicht fortlassen? Sagst, alles wären ja nur Phantasien? Ich liebte deinen Gatten ja doch nur in meiner Einbildung. Und er – es fiele ihm nicht ein, mich zu lieben. Und selbst wenn es so wäre; ich wüßte ja doch, daß du dir die Eifersucht abgewöhnt hättest. Und du sagtest mir, ich wäre nicht wie die andern, ich wäre stark und stolz. Für mich gäbe es daher keine Versuchung. Also solle ich bleiben. Ich solle beweisen, daß ich stark und stolz sei. Ich solle ihm den Triumph nicht gönnen, vor ihm zu fliehen, aus Schwäche zu fliehen ... Yvonne! Yvonne! So würdest du zu mir reden, wenn ich vor dich träte, um dir zu sagen, daß ich fort müßte ... Und du, Yvonne? Darf ich dir antun, zu erfahren, was zwischen mir und deinem Gatten heute geschah? Wenn du ihn auch nicht liebst, wenn du auch weißt, daß es untreue Männer gibt – Du bist ja doch kaum erst seine Frau geworden. Seine Untreue wäre für dich so schrecklich, wie sie für ihn schändlich ist ... So will ich dir denn nur sagen, daß ich ihn liebe; nur mich will ich anklagen... Wie, auch das darf ich nicht... Also muß ich schweigen. Ich muß bleiben, muß stark und stolz sein, muß beweisen, daß nicht alle Frauen, daß keine deutsche Frau –«

Sie sprach dies alles laut vor sich hin, als müßte sie ihren halbverwirrten Gedanken Ausdruck verleihen, als beichtete sie ihre Schuld dem Sturm und dem in Weltuntergangsschwärze über ihr lastenden Himmel, da sie ihre Schuld nicht der Freundin bekennen durfte.

Jeder, der ihr begegnete, starrte sie an, schaute ihr nach. Ihr weißes Gesicht, ihr aufgelöstes helles Haar, ihre weit offenen Augen hatten etwas Schreckenerregendes.

Wer war sie?

Eine Verzweifelte oder eine Verrückte?

Sie erreichte die Stadt, ließ sich vom Sturm die Felsenstraße emportreiben, gelangte auf den Schloßplatz, kam ungesehen ins Haus und in ihr Zimmer. Dort erwartete sie in Todesangst die alte Zenz, die treue Zenz vom Seehof, zu dem sie jetzt nicht zurückkehren durfte, da sie stark und stolz sein mußte.

Die Alte sprach kein Wort, breitete die Arme aus, in welche die Schwankende sich stürzte, welche die Besinnungslose umfingen.

20

»Stark und stolz.«

Sch stark und stolz zu erweisen, war fortan Scholastikas einziger Gedanke. Wenn noch andre Vorstellungen sie bedrängten, so kämpfte sie mit ihrem Stolz und ihrer Stärke dagegen. Der Frieden ihres jungen Lebens lag hinter ihr, vor ihr lag der Kampf mit dem Leben, lagen des Lebens Leidenschaften und Leiden.

Bald nach ihrer Rückkehr von dem verhängnisvollen Morgenspaziergang hatte sie sich von ihrem Schwächeanfall erholt. Sie gestand Zenz, es sei von ihr unvernünftig gewesen, bei dem Unwetter auszugehen. Aber die Herrlichkeit des Meeres werde sie in ihrem Leben nicht vergessen.

»Bitte, verrate nicht, wie töricht ich mich benahm. Eines Sturmes wegen ohnmächtig zu werden! Als wüßten wir in unsern Bergen nicht, was Sturm ist: Föhnsturm! Ich muß mich schämen, dir wie ein hilfloses Kind in die Arme gefallen zu sein!«

»Als hilfloses Kind lagst du oft genug an meiner Brust.«

Zum mittäglichen Frühstück begegnete Scholastika dem Grafen. Ihr Herz pochte zum Zerspringen; aber sie bewahrte ihre Haltung. Der Graf ging ihr entgegen und sah sie schweigend an. Sie wich seinem Blick nicht aus, überwand sich, ihm die Hand zu reichen, die er ehrerbietig an die Lippen führte. Sie fühlte seinen Kuß, als wäre ihrer Hand ein Brandmal aufgedrückt. Yvonne, die an diesem Sturmtage besonders übernächtig aussah, rief lachend: »Von allen Völkerschaften der Welt bringt nur eine Deutsche es fertig, beim Mistral eine Morgenpromenade zu machen. Charles hat mir alles erzählt. Er sah dich fortgehen, sorgte sich um dich und folgte dir. Du sollst mit dem Sturm wie eine Heldin gekämpft haben; er aber wollte sehen, wie weit dein Heldenmut dich führen würde: bis nach Saint Jean und weiter bis nach Saint Hospice. Selbst er konnte sich kaum aufrecht erhalten, du aber schrittest wie eine Siegerin vor ihm her. Erst auf der Klippe holte er dich ein, von einer Bewunderung für dich erfüllt, daß er dir, vom Mistral umbraust, eine Liebeserklärung machte. Du aber wiesest ihn mit einer Königinmiene zurück. Jetzt ist der Arme ganz gebrochen. Ich bitte dich, ihm gnädig zu sein. Er hatte einen Augenblick völlig vergessen, was du bist: eine Deutsche! Jede andre nämlich würde ihn erhört haben. Mir werden von meinem Herrn Gemahl keine Geständnisse gemacht. Ich beneide dich darum.«

Sie hätte noch weiter fortgeschwatzt; aber der grandiose Haushofmeister meldete, es sei serviert, und die Lakaien rissen die Tür zum Speisesaal auf. Im ganzen Hause ward das Heulen des Mistrals gehört. Sein Brausen bildete an diesem Tage die Tafelmusik...

Das hatte der feine Herr fein gemacht! Wie ein lustiges Abenteuer hatte er seiner Frau den Vorfall berichtet. Yvonne hatte auch seine Liebeserklärung höchst belustigend gefunden. Was war es weiter als ein Flirt? Ein kleiner hübscher Flirt, um den Yvonne die Freundin beneidete. Nur eine Deutsche konnte die Sache ernst nehmen, wohl gar tragisch. O diese Deutschen! Sie machten bei Sturm weite Morgenpromenaden, fanden das aufgewühlte Meer himmlisch und hielten einen amüsanten Flirt für eine Tragödie. Wenigstens taten dies junge deutsche Damen aus ersten Familien vom Schlage der guten lieben Scholastika, die ein Nönnchen hätte werden sollen. Sie war eben doch nicht sehr bildungsfähig und im Grund genommen recht spießbürgerlich, die Liebe, Gute! Schade um sie; denn sie war wirklich eine vollkommene Schönheit. Dabei so gesund! Geradezu brutal gesund, körperlich wie geistig. Ob es in Deutschland viele solcher Frauen gab? Besonders was die Tugend betraf? Oder war diese lediglich Prüderie und Komödie? Wenn das der Fall war, so würde die deutsche Frau um nichts besser sein als die Frauen andrer Länder; im Gegenteil, um vieles schlechter. Heuchlerinnen wären sie dann! Die Pariserin wäre demnach ein Wesen von höchster Moral im Vergleich zu ihnen: denn sie zeigte der Welt ihr wahres Gesicht, während jene eine Maske trug.

Obgleich der Graf seiner Frau den Vorfall bei Saint Hospice so falsch geschildert hatte, war Scholastika ihm dafür dankbar, durfte sie jetzt doch schweigen. Wie lächerlich ernsthaft sie die Sache nahm, bewies die Auffassung Yvonnes: ein hübscher kleiner Flirt, nichts andres...

Aber was hatte nur die Zenz? Daß die Alte trotz des Winterfrühlings an der Cote d'Azur und aller Schloßherrlichkeit sich tiefunglücklich fühlte, verstand sie. Es war das berühmte Heimweh der Bewohner des nordischen Alpenlands nach ihren geliebten Bergen. Aber mit welchem sonderbaren Blick betrachtete die Zenz seit jenem Sturmtage ihre junge Herrin? Was bedeutete ihr verstohlenes Kopfschütteln, ihr heimliches Seufzen und Stöhnen? Traf vom Seehof ein Brief ein, von Jean Baptiste auf silberner Platte überreicht, so geriet die Zenz in eine Aufregung, als müßte das Schreiben eine ungeheure Neuigkeit enthalten; zum Beispiel die Verlobung des Vetter Freiherrn mit irgend einer Standesgenossin. Wenn Scholastika ihr dann mitteilte: »Zu Hause ist alles wohl. Der Stigei, der Schorschl und alle die andern lassen dich grüßen und dir sagen, sie hätten noch immer tiefen Winter. Kannst du dir das vorstellen? Immer noch Schnee und Eis!«

Wenn Zenz solche Botschaft hörte, starrte sie ihrer Herrin ins Gesicht und tat mit seltsamer Miene die Frage: »Und der Vetter Freiherr? Kommt denn der Vetter Freiherr gar nicht mehr auf den Seehof? Läßt er mich denn gar nicht grüßen?«

»Meine Mutter schreibt nichts von ihm.«

»Nichts von dem lieben guten Herrn Baron? Einen bessern Herrn gibt es nicht! Vollends nicht in diesem Land. Hier sind alle Männer schlecht. Lügner und Lumpen sind sie! Hätten die Bayern doch auch dieses Land genommen, als der Schorschl in Frankreich war. Was hätten wir freilich damit anfangen sollen? Mit solchem Gesindel! Und die Frauenzimmer! Zu Hause wird mir keine Seele glauben, was hier für Frauenzimmer herumlaufen…«

»Stolz und stark!«

Scholastika war beides. Er sollte sie nicht lieben, sondern hochhalten. Aber welche Kämpfe kosteten sie ihre Stärke und ihr Stolz. In schlaflosen Nächten rang sie mit sich selbst, um nur für den nächsten Tag ihre Stärke und ihren Stolz aufrechthalten zu können. Seitdem sie zu der Erkenntnis gelangt war, daß sie ihn liebte, seitdem er ihr das Geständnis seiner Liebe gemacht, nagte es an ihrer Seele wie eine gefährliche Krankheit. Ein Todübel war's. Bei ihrem Ringen mit ihrem besseren Selbst fand sie den Mut nicht zu dem Selbstbekenntnis, daß sie nicht aus Stärke und Stolz geblieben war, sondern um in seiner Nähe zu weilen, um das Glück seiner Nähe zu fühlen. Es war freilich ein qualvolles Glück.

Nach wie vor benahm sich der Graf ihr gegenüber tadellos, jeder Zoll Kavalier! Der Vorfall auf der sturmumtosten Klippe schien nur ein Traum gewesen zu sein. Er hatte sie niemals vor der heranbrausenden Woge gerettet, sie niemals umschlungen und an seiner Brust gehalten; hatte ihr niemals zugejubelt, daß auch sie ihn liebe und daß sie ihm angehöre.

»Ich liebe dich, wie ich noch kein Weib geliebt. Du allein bist es, die ich mein Lebenlang gesucht. Jetzt fand ich dich, jetzt halte ich dich, und was ich einmal halte, lasse ich nicht wieder!«

Nur ein Traum wäre es gewesen? Auch das nur ein Traum, daß sie seine Worte angehört hatte und erst dann sich seinen Armen entrissen –

Ihre Schuld wuchs.

Sie aber wollte ihre Schuld büßen.

Nachts lag sie stundenlang in heißem Gebet. Sie rang mit Gott: »Herr, ich lasse dich nicht!« Aber sie blieb bei der Freundin, an der sie zur Verräterin geworden war, blieb in des Geliebten Nähe. Und wenn sie auch durch keinen Blick die Qual ihrer Seele verriet, so war auch das eine Schuld, die gesühnt werden mußte…

In des Grafen Haltung kam allmählich ein Ton kühler Höflichkeit. Das hatte sie nicht erwartet, auch nicht verdient. Sein Benehmen ihr gegenüber wandelte sich mehr und mehr in kalte Ehrerbietung, die ihr wie Hohn erschien. Häufig beachtete er sie überhaupt nicht oder er machte in ihrer Gegenwart andern Frauen den Hof, Damen der großen Welt, neben denen Scholastika sich unerträglich spießbürgerlich vorkam. Wie diese Frauen mit ihm kokettierten, welche Blicke sie ihm zuwarfen, welche Gespräche sie mit ihm führten! Dann befand er sich in seinem wahren Element, dem des berückenden Weltmannes, des unwiderstehlichen Frauenfreundes, als den ihn seine Gattin dem »Liebling« geschildert. Auch zu solchem Flirt lachte Yvonne, ließ sich ihrerseits den Hof machen in einer Weise, die Scholastika fassungslos machte. Auch ihr selbst wurden Galanterien erwiesen. Man sagte ihr ins Gesicht hinein, wie schön sie sei, von einer Schönheit, die – sie durfte darüber nicht nachdenken. Der Graf schien nichts zu hören, nichts zu sehen; schien vollständig gleichgültig gegen alles zu sein, was sie betraf. Liebte er sie denn nicht? Liebte er nicht in ihr die Frau, die er sein Lebenlang qualvoll gesucht und endlich, endlich gefunden hatte?

Und jetzt?

So kühl, so eisig kalt; so fremd und gleichgültig!

Da begann sie nach einem Wort, einem Blick von ihm sich zu sehnen, und ihre Sehnsucht nach diesem Blick und Wort wuchs und wuchs.

So drohte es denn zu kommen, wie es kommen mußte.

21

Auch daran gewöhnte sich Scholastika mehr und mehr: das Leben in Monte Carlo. Nur daß sie das Kasino scheute, eine Sentimentalität, die ihr Yvonnes Spott eintrug. Wenn diese, entweder mit ihrem Gatten oder allein, die Spielsäle besuchte, so erwartete Scholastika sie in dem gegenüberliegenden Café de Paris. Sie saß dann in dem halboffenen Vorbau, hörte das heißblütige Geigenspiel der Ungarn in den roten theatralischen Kostümen, sah auf das wimmelnde Leben vor dem phantastischen Bauwerk, dessen Architektur so genial seinen Zweck ausdrückte; sah die Palmenalleen und die Blumenbeete, beobachtete die Gestalten der Spieler, die aus dem Lokal herüberströmten zum Kasino und aus diesem wieder zurückfluteten: Damen, Dirnen, elegante Welt, Reisepublikum aus aller Herren Ländern, junge und ältere Herren in Begleitung von Hetären aus London und Paris, aus Wien und Berlin. Sie sah junge Mädchen als tägliche Gäste des Spielhauses in Begleitung ihrer Eltern nicht weniger leidenschaftlich spielen wie die Habitués, die selbst während der Gluthitze an dem versengten Ort blieben und im Hasardspiel ihren Lebenszweck und ihr Lebensglück fanden, und gewöhnte sich daran, in dieser Welt zu leben.

Wenn die Zigeuner pausierten, hörte sie von fern her das Rauschen der Meereswellen gegen den Felsenstrand, das Brausen der Züge, die beständig ein- und ausfuhren, die Menge herbeibrachten und hinwegführten, letztere entweder als glückliche Gewinner oder unglückliche Verlierer. Aber auch diese kamen immer wieder, sie mußten wieder kommen! Der Magnetstrom zog sie unwiderstehlich zurück in die goldenen Wirbel.

Auto auf Auto, Equipage auf Equipage fuhr an dem Kasino vor. Scholastika hatte gelernt, den Leuten anzusehen, ob sie gewonnen oder verloren hatten. Aber auch die Mienen der Verlierenden waren gewöhnlich höchst gleichgültig. Selten nur sah sie in ein verstörtes Gesicht. Geschah ein Selbstmord, so wurde davon nur geflüstert, war doch der Selbstmord eines völlig Ruinierten etwas durchaus Gewöhnliches, Alltägliches. Weshalb war der Mann gekommen, weshalb hatte er gespielt, weshalb verloren?

»Unglück im Spiel bedeutet –«

Wie wild die Geigen klangen, wie bunt das Gewimmel war, wie Himmel und Meer blauten, die Sonne strahlte, die Blumen blühten! Und die Schönheit, die himmlische Schönheit der Welt!

Daß der Fürst dieses Landes ruhige Nächte haben konnte! Scholastika begriff es nicht. Aber die Goldflut strömte und strömte, und der Fürst von Monaco, der ein bedeutender Gelehrter war und ein edler Mensch sein sollte, schlief ruhigen Gewissens den Schlaf des Gerechten...

Stets kam Yvonne strahlenden Angesichts aus dem Kasino zur Freundin. Ob ihr Täschchen in trauriger Leere zusammenklappte oder ob sein Inhalt es straffte, sie blieb stets gleich heiter in lächelnder Lieblichkeit, hatte sie doch die Erregung des Hasards, die Sensation genossen. Jedesmal war sie voller Geschichten, die samt und sonders zum Inhalt hatten, wie herrlich dieses Leben der Sensationen sei. War es nicht das Spiel mit seinen großen Gewinsten, seinen großen Verlusten, so waren es Roben, Hüte, Juwelen. Oder es war allerlei Pikantes aus dem Reich beider Welten, der ganzen sowohl wie der halben. Unerhört, wie gewisse Damen sich anzogen! Eine geborene Herzogin konnte es ihnen nicht nachmachen. Wie sie verstanden, die Männer anzuziehen und zu umstricken, mit Polypenarmen zu umklammern, ihnen das Lebensblut aussaugend und sie – dieses nur nebenbei – finanziell zu ruinieren.

»Was für Perlen die Person heute wieder trägt! Und jene – Dame mit den Smaragden! Sie ist eine Pariser – Portierstochter. Ihr Kostüm ist todschick. Wüßte ich nur, wer ihr Schneider ist? Vielleicht kann es Charles erfahren...Wegen des kleinen Geschöpfes dort drüben hat sich kürzlich ein blutjunger Mensch erschossen. Er soll ihr drittes Opfer gewesen sein. Wie sie es nur anfangen? Dabei ist die Person häßlich, geradezu häßlich! Aber von einer Eleganz – Aber wie! Du hast hier Bekannte, die ich nicht kenne? Sieh doch, du kleine Duckmäuserin! Wer ist der Herr, der dich soeben grüßte?«

»Mich grüßte? Ein Herr?«

»Dort steht er. Nicht sonderlich gut angezogen; aber – was ist dir?«

»Wolf? Vetter Wolf! Vetter Wolf in Monte Carlo!«

»Vetter? Nun höre – nicht schön; aber eine Gestalt, einfach prachtvoll! Und dieser Herr dein Vetter? Doch nicht der bewußte Vetter, der Bär aus Oberbayern?«

»Es ist Vetter Wolf, unser bester Freund und Nachbar!«

»Also doch er! Und er hat dich nicht gleich aufgesucht? ...Er kommt her. Du mußt ihn mir vorstellen. Das also ist dein Vetter Bär aus Oberbayern? Sieh doch, sieh doch!«

Leibhaftig war er es: Scholastikas Jugendgefährte und bester Freund. Daß er auch das letztere sei, dessen ward sie sich bei seinem plötzlichen Anblick bewußt. Er wollte sogar mehr sein als nur ihr bester Freund. Auch das fiel ihr plötzlich ein und bei diesem Gedanken erbebte ihr ganzes Wesen...

Jetzt stand er vor ihr.

»Nicht sonderlich gut angezogen,« hatte Yvonne von ihm sagt. Scholastika hätte sich nie träumen lassen, daß Vetter Wolf so aussehen könnte, als wäre er niemals in seinem Leben in dem landesüblichen Kostüm mit nackten Knien gegangen, sondern hätte immer nur bei dem Hoftailleur Fries in der Maximilianstraße, Münchens berühmtestem Kleiderkünstler, arbeiten lassen. Nicht sonderlich gut angezogen, aber prachtvoll von Gestalt fand ihn Yvonne. Was die Zenz sagen würde, daß der Vetter Freiherr hier war! An der Côte d'Azur, in Monte Carlo!

Scholastika war aufgesprungen und ihm entgegengeeilt.

Aus Deutschland kam er, aus der Heimat! Als ob sie sich nach der Heimat gesehnt hätte? Und plötzlich dieses Glück des Wiedersehens! »Wie kommst du hierher? Seit wann bist du da? Weshalb hast du mich nicht gleich aufgesucht? Wie geht es zu Hause? Was machen die Eltern? Was der Seehof und dein Wagging? ...Wie ich mich freue!«

»Wirklich?«

Er sagte es sehr gelassen, sogar recht kühl.

»Kannst du fragen?«

»Da du es nicht einmal für nötig hieltest, mir Lebewohl zu sagen –«

»Ich glaubte, du kämest auf die Bahn.«

»Ich kam aber nicht. Hast du das überhaupt bemerkt?«

»Es tat mir sehr leid ...Jetzt muß ich dich meiner Freundin vorstellen. Sie spricht allerdings kein Wort Deutsch!«

»Also werde ich Französisch sprechen.«

»Richtig. Du sprichst ja wohl etwas Französisch?«

»Etwas.«

»Also komm!«

Sie stellte ihren Vetter der Gräfin vor. Der Freiherr verbeugte sich vor der kleinen Dame in bester Haltung. Yvonne war entzückt, den Vetter des Lieblings kennen zu lernen. Sie hatte durch den Liebling so viel von ihm gehört! Er erwiderte etwas Höfliches und er hatte sein Französisch wirklich nicht verlernt, sprach es sogar leidlich gut. Trotz der von der Gräfin gerügten Uneleganz seines äußeren Menschen brauchte sich Scholastika ihres Vetters nicht zu schämen. Yvonne lud ihn denn auch sogleich für den Abend zum Diner ein.

»Gräfin befehlen Frack?«

Vetter Wolf im Schloß von Monaco zum Diner im Frack!

Aber Frack oder nicht – ein Stück Heimat brachte er mit in das fremde Land. Ein Stück Heimat, an die Scholastika dem zauberischen Monte Carlo nur zaudernd und ungern dachte, niemals mit Sehnsucht. Luft der Heimat, Kraft der Heimat ging von ihm aus. Er paßte so gar nicht in diese Umgebung, bildete in der Landschaft der Riviera eine ganz unwahrscheinliche Staffage. Und dennoch! Wenn sie ihn mit andern verglich, mit diesen eleganten Herrn aus Paris und London – Schön war er gerade nicht! Wenigstens behauptete es Yvonne. Aber seine Gestalt war »prachtvoll«. Und wie er den Kopf trug! Dazu die lichtblonden Haare, die tiefblauen Augen und sein Helles, geradezu leuchtendes Wesen. Alles an diesem Manne war so frei und frank, so ehrlich und stark, so – urdeutsch! Von den Herren Franzosen freilich würde solche Männererscheinung gerade wegen ihres Deutschtums bespöttelt, wenn nicht gar verachtet werden.

Diese Gedanken zuckten blitzartig in Scholastika auf, während sie dem Vetter gegenüber saß. Niemals zuvor waren ihr bei seinem Anblick derartige Gedanken gekommen. Sie entstanden auch nur durch die Freude des Wiedersehens gerade in diesem Lande und an diesem Ort. Er selbst schien ihre Freude nicht zu teilen, hatte er sie doch ziemlich kühl begrüßt. Recht sehr kühl! Es tat ihr leid. Und leid tat ihr nachträglich, daß sie ohne Abschied abgereist war. Das hatte ihn gekränkt, deshalb war er so kühl. Es war von ihr auch unrecht gewesen, daß sie ihn zu Hause die ganze Zeit so fremd und kühl behandelt hatte wie jetzt er sie. Sie verdiente es nicht anders.

Aber was wohl die Zenz sagen, wie sich die Zenz freuen würde: der Vetter Freiherr an der Riviera! Ein Stück Heimat in Frankreich, Wagging und Seehof in Monte Carlo!

Diese Vorstellung beschäftigte sie, während er mit Yvonne sprach. So unbefangen plauderte er mit der fremden Dame, als wäre er ein alter Bekannter der Gräfin von Roquebrune. Es stellte sich heraus, daß er bereits vor drei Tagen angekommen und im Hotel de Paris abgestiegen war: Vetter Wolf im Hotel de Paris! Um sie hatte er sich nicht im geringsten gekümmert und jetzt schien er nur für Yvonne Augen und Ohren zu haben. Sie war auch heute besonders reizend, in einem Kostüm, das sie einer jener »Gewissen« nachgemacht hatte, mit einem Hut, der ein Gedicht von Gaze und Blumen war.

Gewiß war sie wonnig. Aber doch recht kokett. Mit dem Wolf kokettierte sie auf eine Weise –

Und er? War es möglich? Er fand dieses Wesen nicht abstoßend? Im Gegenteil! Er flirtete mit der kleinen reizenden Dame. Vetter Wolf flirtete! So also waren die Männer! War selbst er!

Die Gräfin frug ihn: »Haben Sie heute schon gespielt?«

»Heute noch nicht.«

»Also kommen Sie. Sie werden mir Glück bringen, mehr Glück, als die liebe Scholastika meinem Mann brachte … Nein, sie spielt nicht. Sie verabscheut das Spiel, haßt unser wunderhübsches Kasino, findet es die Hölle auf Erden, verachtet uns arme Menschlein, die ihre hohe Tugend nicht besitzen … Lassen Sie sie! Sie bleibt hier und wird uns erwarten. Kommen Sie, kommen Sie! Wir werden zusammen setzen, werden zusammen gewinnen. *Good bye, darling!* Ich bringe dir deinen Vetter sicher zurück.«

Sie ging und er – er ging wahrhaftig mit ihr, begleitete die wildfremde kokette Dame in das abscheuliche Haus, würde mit ihr spielen, würde ihr Glück bringen.

Und Scholastika? Sie ließ er allein! Dabei hatte er ihr von zu Hause keine Silbe erzählt und wie vieles hatte sie ihn zu fragen!

Lange blieben die beiden aus. Als sie endlich kamen, rief Yvonne dem Liebling schon von weitem zu: »Verloren! Gerade wie du und Charles. Wir hatten Unglück im Spiel. Es war aber doch reizend! … Jetzt müssen wir nach Hause. Dein Vetter versprach mir, jeden Abend unser Gast zu sein. Du hast ihn mir ganz falsch geschildert. Ich hatte keine Idee, wie nett er ist. Ich sagte ihm, daß ich ihn entzückend fände. Und er – Hier kommt unser Auto … Also auf heute abend, lieber Baron! Wir speisen um sieben. Später begleiten wir Sie in Ihr Hotel, wo heute Rout ist. Mein Mann wird sich unendlich freuen, Ihre Bekanntschaft zu machen. Er ist in Scholastika sterblich verliebt. Also werde ich mich in Sie sterblich verlieben. Seien Sie so galant, mir zu versichern, Sie würden aus Liebe zu mir von Sinnen kommen … Wollen Sie? Ich nehme Sie beim Wort … Auf Wiedersehen diesen Abend um sieben!«

Da sagte Scholastika, und sie mußte sich die Worte abringen: »Du kommst vielleicht etwas früher zu mir und erzählst mir von zu Hause?«

»Wenn du erlaubst –«

»Ich bitte dich darum … Was wird nur die Zenz sagen!«

Was aber sagte die Zenz? Sehr wenig. Sie fiel vor Erstaunen durchaus nicht in Ohnmacht und nahm die unglaublich klingende Nachricht: der Vetter Freiherr in Monte Carlo, höchst gelassen auf, nur mit einem langgezogenen So? Und mit einem Blick –

Scholastika ärgerte sich über das »So?« und den Blick ihrer alten Getreuen.

22

Steif saß der Vetter seiner Base gegenüber, steif und kühl bis ins Herz hinein. Auch seine Begrüßung mit Zenz war so gelassen gewesen, als ob Monaco und Monte Carlo bei Rosenheim lägen. Das heimliche Zunicken und die verständnisvollen Blicke der beiden hatte Scholastika freilich nicht bemerkt.

Eine knappe halbe Stunde vor dem Diner war er gekommen, von Jean Baptiste feierlich angemeldet. Nun saß er ihr im Frack gegenüber. Auch im Frack sah er aus – wie denn gleich? Wirklich erstaunlich anständig, wie seine Base fand, die ihn nur als Landjunker, als Alpenwildling kannte. Sogar einen Ordensstern trug er an der Seite. Er war eben der Freiherr von Wagging aus uraltem vornehmem Geschlecht. Das sah jedermann. Nur seine liebe Base hatte es nicht gesehen. Wenigstens nicht bisher. Er mußte erst nach Monte Carlo kommen, wo es von vornehmen und eleganten Herren wimmelte. Gewiß würde Yvonne ihn wieder »prachtvoll« finden und gewiß würde sie wieder mit ihm kokettieren. Und das während ihres sogenannten Honigmondes in Gegenwart des Gatten. Und der Vetter? Er würde genau ebenso sein, wie alle Männer waren, und von der kleinen Zauberin sich einfangen lassen. Den Hof würde er ihr machen, sich in sie verlieben, hatte er doch ihresgleichen noch nicht gesehen. Auch war sie wirklich bezaubernd, diese arme kleine Yvonne.

Seinetwegen hatte sie heute ihr hübsches weißes Gewand angezogen. Er aber blieb kalt und steif. Hatte er ihr im Seehof gegenüber gesessen, hatte er sie mit Blicken betrachtet, die ihr sagten: »Wie schön bist du! Wie bewundere ich dich! Wie liebe ich dich!«

Und hier? Und jetzt?

Wenn der Steife und Kühle gewußt hätte, wie ihr hier gehuldigt wurde! Und das in dem Lande der berückendsten Frauen, der berühmtesten Lebemänner!

»Lebemänner«. Es war ein häßliches Wort. Der Schloßherr von Wagging war kein Lebemann. Ein Lebensbejaher und Lebensfroher war er, gesund bis ins Mark hinein. Alles an ihm war Frische und Kraft, Wahrhaftigkeit und Tüchtigkeit. Und – prachtvoll war er! Seltsam, daß ihr diese gewiß stark übertriebene Bezeichnung nicht aus dem Sinn kam! Seltsam auch, daß gerade Yvonne ihn so fand! Einen Pariser hätte man allerdings schwerlich prachtvoll finden können...

Eisig kühl seine Antworten auf ihre eifrigen Fragen. Er antwortete: »Wie es zu Hause geht? Danke. Es geht allen gut. Alle lassen grüßen. Du möchtest nur so lange fortbleiben, wie du willst. Zu Hause ist es ja doch so ganz anders als hier. Der graue Seehof, das dunkle Wasser, die wilden Berge, der trübe Himmel; überhaupt alles und jedes ganz anders. Frühling wird es bei uns erst, wenn hier bereits glühender Sommer ist. Noch Ende April liegt rings um den Seehof hoher Schnee. Gewiß nehmen dich deine Freunde mit nach Paris? Denke doch: Paris! Was ist gegen Paris unser biederes München, gegen Frankreich überhaupt Deutschland? Ein armseliges Land, bewohnt von einem plumpen Volk. Ich wußte auch nicht, wie armselig und plump bei uns alles ist. Erst jetzt weiß ich's; denn erst hier erkannte ich es, hier! Diese Damen, die Französinnen, die Pariserinnen und deine Freundin, die junge Gräfin. Auch der Graf soll unwiderstehlich sein. Ich gratuliere dir übrigens.«

»Wozu?«

»Zu deinem Erfolg in der großen Welt von Monaco und Monte Carlo. Trotz der Damen aus Paris, London und Neuyork soll der Graf dich bewundern. Den Hof soll er dir machen. Wenn ein Graf von Roquebrune einer Deutschen den Hof macht, finde ich es sehr natürlich, wenn diese davon entzückt ist. Ich mache dir mein Kompliment. Du bist hier eine Dame geworden, nicht zum Wiedererkennen.«

Und das alles durchaus ernsthaft, steif und kühl. Mit stärkerem Nachdruck, als nötig war, erklärte Scholastika »Keinesfalls gehe ich nach Paris. Auch habe ich die Gastfreundschaft meiner Freunde schon viel zu sehr in Anspruch genommen. Wie lange gedenkst du in Monte Carlo zu bleiben?«

»Das kann ich heute noch nicht sagen. Ich kam her, um mich zu amüsieren ...Wie meinst du?«

Eigentlich hatte sie gemeint, er sei um ihretwillen gekommen. Das dachte sie indes nur; laut drückte sie ihm möglichst gelassen ihr Erstaunen aus: »Um dich zu amüsieren? Du hättest nötig, dich zu amüsieren? Bei deiner geradezu fanatischen Liebe zu deinen Wäldern und Bergen, deinem Hause und deinen Leuten, mit denen du lebst wie ein ehrwürdiger Patriarch. Und daß du gerade Monte Carlo wähltest?«

Ihr Vetter meinte gleichmütig: »Gerade Monte Carlo reizte mich. In meinem Hotel geht es zu – Diese Damen, diese große Welt. In meinem alten Gemäuer hätte ich mir das nicht träumen lassen. Und erst das Kasino! Ich spiele mit wahrer Wut. Also bleibe ich wohl noch eine Weile. Jedenfalls so lange, bis ich die paar tausend Mark, die ich mitnahm, verloren habe. Schade, daß dir das Spiel nicht Spaß macht. Wie ich von deiner Freundin hörte, findest du es unmoralisch. Weshalb eigentlich? Der Mensch bedarf dergleichen Aufregungen. Deine Freundin am Spieltisch zu sehen, ist ein Schauspiel. Sie setzt einen Tausendfrankenschein, als sei es ein Fetzen Papier, und verliert mit derselben grandiosen Gleichgültigkeit. Es ist eine wundervolle kleine Person, Dame und Elfe zugleich.«

War der Mann, der solche Reden führte, ihr Vetter, Hanns Wolfram von Wagging? Wie ein Franzose sprach er von Dingen, die ihm seiner ganzen Natur nach Widerwillen einflößen mußten. Die Damen im Grandhotel – obgleich sich darunter Großfürstinnen befanden – das Spiel im Kasino, das ganze Leben und Treiben in dieser paradiesischen Hölle, dem großen goldenen Lusthause – Sie mußte ihn sich vorstellen im Schloß seiner Väter oder auf seinem Braunen über die Felder sprengend, und dann sprach er zu ihr in einer Weise – Seine leichtfertige Art zu reden verletzte sie nicht minder wie seine Kühle und Steifheit. Wie hatte sie sich gefreut, ihn so völlig unerwartet wiederzusehen. Wie sehr hatte sie dabei empfunden, daß sie zu ihm gehörte. Und nun?

Es war gut, daß der Gong zum zweitenmal erklang, also gingen sie. Im Salon warteten Graf und Gräfin und es waren verschiedene Gäste anwesend. Scholastika stellte dem Grafen ihren Vetter vor. Der Graf war die Liebenswürdigkeit selbst, der Freiherr die beste Haltung selbst. Scholastika gefiel das gelassene Wesen ihres Verwandten gegenüber dem glänzenden Herrn. Mit der schlanken zierlichen Gestalt des Herrn aus Paris verglichen, wirkte der hochgewachsene breitschultrige Freiherr gerade durch seine kühle Ruhe. Dabei zeigte er in dem fremden Salon eine Sicherheit des Benehmens, als verkehre er in dieser Welt höchster Kultur seit Jahr und Tag. Er führte die Gräfin zu Tisch und saß zur Rechten der Wirtin, die er vorhin eine wundervolle kleine Person, Dame und Elfe zugleich, genannt hatte.

Keiner der Gäste sprach es aus – natürlich nicht! – aber jeder dachte es: »So sieht also ein Bayer aus! Dieser Herr aus Bayern ist einer von jenen, die in Frankreichs Unglücksjahren mit den deutschen Barbaren gegen uns kämpften. Bazeilles haben die Bayern niedergebrannt. Auch in Paris sind sie mit eingezogen, in das besiegte Paris! Auch sie haben Elsaß-Lothringen uns geraubt und ihr König hat dem König von Preußen die Kaiserkrone angeboten. Auch Bayern gegenüber gedenkt Frankreich – nur warten, nur abwarten! Als ob Frankreich vergessen hätte, vergessen könnte! Unsre Zeit wird kommen, unsre Stunde wird schlagen! Und dann – ein zweites Sedan gibt es für Frankreich nicht ... Übrigens sieht der Mann gut aus. Sogar Manieren hat er! Wer hätte das gedacht? Von einem Bayern! Er ißt sogar den Fisch nicht mit dem Messer.«

Von Bayern wußte man in Frankreich, daß München Bayerns Hauptstadt war. Von München aus fuhr man nach Bayreuth. Bayern, München, Richard Wagner, Bayreuth! Dieser Herr kam jedoch aus Oberbayern; saß in Monaco an der Tafel, trug Frack, weiße Krawatte, weiße Weste, hatte einen Ordensstern, sprach Französisch, unterhielt sich durchaus ungezwungen und aß Fisch wie jeder andre Kulturmensch auch.

Man sprach von Bayern und vom König Ludwig dem Zweiten. Dieser König hatte goldene Paläste gebaut, hatte Richard Wagner zum Mitregenten gemacht, hatte aus unglücklicher Liebe zu der schönen Kaiserin Elisabeth von Österreich den Verstand verloren. Im Wahnsinn hatte er seine ganze Leibgarde erschießen und hängen lassen und war von seinem eigenen Volk ertränkt worden. Jetzt regierte in Bayern der deutsche Kaiser und –

»Verzeihen Sie, mein Herr. Aber Bayern hat seinen eigenen König. Nicht den unglücklichen König Otto, sondern wieder einen König Ludwig, Deutschlands stärksten Bundesfürsten. Sie scheinen in Ihrem schönen Frankreich von uns wenig zu wissen. Wie sollten Sie auch? Frankreich ist viel zu schön und viel zu kultiviert, um sich um uns zu kümmern. Wir leben aber wirklich nicht in Höhlen, tragen keine Bärenfelle, führen jedoch in unserm Wappenschilde ein Tier, einen Löwen: den bayrischen Löwen, mein Herr!«

Und der bayrische Junker hielt diese Rede dem Herrn aus Paris im höflichsten Plauderton. Wer hätte das dem Vetter zugetraut? Seine Base gewiß nicht...

Diese verbrachte eine unruhige Nacht. Ihr Jugendfreund und der Graf – Wenn ihr Vetter gewußt hätte, daß sie von dem Grafen geliebt wurde, daß sie die erste, die einzige Frau war, für welche dieser den Frauen so gefährliche Mann in Leidenschaft entbrannt war –

Und sie? Gott im Himmel, und sie?

Auch über sie hatte er Gewalt gewonnen, eine dämonische, unheilvolle. Sie würde dieser verderblichen Macht widerstehen; aber –

Wenn Vetter Wolf gewußt hätte!

23

Scholastika konnte ihre Gedanken von der Vorstellung nicht losreißen: Vetter Wolf in Monte Carlo, im Grandhotel de Paris, inmitten jener kosmopolitischen Gesellschaft; Vetter Wolf im Kasino spielend, gewinnend, verlierend. Es paßte so gar nicht zu ihm. Er erschien ihr für solches Leben viel zu spießbürgerlich, viel zu solid, viel zu gut!

Aber der Ausdruck solid paßte nicht mehr für ihn. Denn wer Yvonne so eindringlich den Hof machte, wer sich in der Gesellschaft des Grandhotel so leicht bewegte: dieser Herr war alles andre als spießbürgerlich und solid. Der Base gegenüber behielt er sein steifes Benehmen bei, was von ihm wenig freundlich war. Dabei mußte sie sich immer aufrichtiger gestehen, daß er von den Herren der Gesellschaft sehr zu seinem Vorteil abstach. Er war so durch und durch Gesundheit und Kraft, so ganz und gar ein Mann, war so urdeutsch!

Und der Graf? Ob dieser ahnte, daß der Vetter sein Nebenbuhler war?

War er das wirklich? Er schien es durchaus nicht zu sein, schien entweder alle Hoffnung auf Gegenliebe aufgegeben zu haben oder in seinen Empfindungen ein andrer geworden zu sein. Durch ihre eigene Schuld! Um ihr das zu zeigen, war er gekommen. Lediglich deshalb. Aber ihr geschah recht...

Nur selten nahm der Freiherr die Einladung zum Diner im Schloß an, er amüsierte sich lieber in Monte Carlo. Von seiten Yvonnes waren diese Einladungen stets sehr dringlich, fast zudringlich; von seiten des Grafen weltmännisch höflich. Gegen Scholastika rühmte er den Freiherrn auf das höchste. Bisweilen schien es ihr jedoch, als klänge in seinen Tiraden etwas wie leiser Spott. Nun, zum Spott gab der Freiherr dem Grafen wahrlich keine Veranlassung.

Eines Tages hielten die Offiziere des in Nizza stehenden Kavallerieregiments ein Hindernisreiten ab. Der Platz lag oberhalb von Kap Martin, unter den Felsen des Mont Agel, dieses schönsten Berges der Côte d'Azur. Auch der Mont Agel war auf seinem Gipfel eine einzige Festung, der gewaltige Grenzschutz gegen das benachbarte Italien, dem Frankreich seine Perlen, Nizza und Mentone, fortgenommen hatte: Nizza, die Geburtsstadt von Italiens Volkshelden Giuseppe Garibaldi. Das konnte Italien seinem Nachbarn niemals vergessen, dafür mußte es eines Tages seine Revanche haben.

»Revanche!«

Es war das große Wort Frankreichs, war Frankreichs Parole für jetzt und für alle Zukunft: Revanche gegenüber Frankreichs Feinden, die es gedemütigt hatten. Jedes französische Herz pochte mit glühendem Schlag: »Revanche! Revanche!«

Die Schloßbewohner hatten für das militärische Schauspiel Einladungen erhalten und Graf Charles hatte den Freiherrn aufgefordert, sie zu begleiten. Hanns Wolfram nahm an. Der Tag war sommerwarm, der Platz wundervoll mit weitem Ausblick über Meer und Küste, die Wiesen in bunter Frühlingsherrlichkeit leuchtend: rote Anemonen, gelbe Tazetten, weiße Narzissen. Anemonen, Narzissen und Tazetten auch unter den hohen Ölbäumen ringsumher. In solcher festlichen Natur mußten die Menschen beständig feiern und ihres Lebens sich freuen. Der Glückliche, der in solcher Natur leben durfte, lebte doppelt und dreifach. Und doch war für die meisten, die da kamen, um in Monte Carlo den Reigen um den goldenen Gott aufzuführen, diese festliche Natur kaum vorhanden. Für diese gab es auf Erden nur das eine: spielen – gewinnen; gewinnen – spielen, Gold, Gold, Gold!

Heute nun galt es etwas andrem: Frankreichs militärischem Ruhm. Die Pferde liefen prachtvoll, die Offiziere waren schneidige Reiter, begeisterter Beifall der aus der ganzen Umgegend herbeigeströmten Zuschauer lohnte den Siegern.

»Wie finden Sie unsre Kavallerie?«

»Ausgezeichnet. Ich bewundere sie aufrichtig.«

»Sie bewundern uns? Der Deutsche bewundert die Franzosen?«

»Ich bewundere, was mir bewundernswert scheint.«

»Demnach würden die Deutschen auch ihre Feinde bewundern?«

»Wir würden sie jedenfalls achten.«

»Auch dann achten, sollten sie von ihren Feinden verachtet werden?«

»Die Deutschen verachtet? ... Entschuldigen Sie, wenn ich lächle. Hassen können uns unsre Feinde; hassen werden sie uns. Aber uns verachten – Noch einmal bitte ich Sie, mir zu erlauben, für die Verachtung unsrer Feinde nur ein Lächeln zu haben.«

»Wie es Ihnen beliebt. Übrigens besteht zwischen Frankreich und Deutschland Frieden.«

»So sagt man.«

»So ist es... Sie waren Soldat?«

»Ich bin Leutnant der Reserve beim bayrischen Leibregiment.«

»Bei den bayerischen Löwen?«

»Bayerns Ehrenname. Er muß jedoch immer von neuem verdient werden.«

»Immer von neuem ... Sagen Sie doch –«

»Was, Herr Graf?«

»Sie hassen also Ihre Feinde nicht, da Sie Ihre Feinde ja wohl bewundern?«

»Sie fragen, ob ich unsre Feinde nicht hasse?«

»Es heißt bei uns, die Deutschen wären des Hasses unfähig.«

»So heißt es in Frankreich?«

»Daher meine bescheidene Frage.«

»Es wäre für die Deutschen ein Unglück, wenn sie nicht auch hassen könnten.«

»Sie wollen sagen, es wäre eine Schmach für ein Volk, des Hasses nicht fähig zu sein; denn der Haß ist eines Volkes Kraft. Der Haß eines Volkes bringt den Sieg. Haß ist daher eines Volkes Palladium.«

»Ich werde Ihre Worte nicht vergessen, Graf von Roquebrune.«

»Überbringen Sie meine Worte Ihren Landsleuten. Es sind die Worte eines Franzosen.«

»Es ist nicht nötig, meinen Landsleuten Ihre Worte zu wiederholen.«

»Wie Sie meinen.«

Dieses Gespräch fand nach Schluß des Rennens statt und ward ohne Zeugen geführt. Man verließ die Tribünen und begab sich zu den Ausgängen, wo die Autos und Equipagen warteten. Das Auto des Grafen hatte eine Panne gehabt und die Herrschaften wollten daher eine Strecke Wegs zu Fuß zurücklegen.

Wo die Straße von Kap Martin in die allgemeine Route de Nice einlenkt, begegnete ihnen eine Equipage mit einem schwarz livrierten Diener auf dem Bock. In dem Wagen saß eine Greisin in tiefer Trauer mit einem altmodischen Umhang und altmodischen Kapotthut: die Exkaiserin Eugenie.

Graf von Roquebrune grüßte und es grüßte der Freiherr.

Als der Wagen mit der einsamen alten Frau an den beiden Männern vorüber war, fragte der Franzose im Tone höchsten Erstaunens: »Sie grüßten die einstmalige Kaiserin von Frankreich? Sie, ein Deutscher!«

»Ich grüßte nicht die Kaiserin, sondern die schwer geprüfte Frau. Halten Sie das eines Mannes für unwürdig?«

»Im Gegenteil. Ich bewundere Sie.«

In dem Ton des Grafen klang dieses Mal etwas andres als heimlicher Spott. Offenkundige Verachtung des Deutschen, der in Gestalt der Greisin das Unglück gegrüßt hatte...

Das Ehepaar begegnete Bekannten und so kam es, daß Scholastika und der Freiherr für sich blieben. Mehr als je fühlte sie, daß sie nicht zu den andern gehörte, sondern daß ihr Platz an der Seite ihres Landsmanns und Vetters war. Zum erstenmal aus seiner Zurückhaltung heraustretend, sagte Hanns Wolfram in heftiger Erregung: »Wie sie uns hassen! Oh, wie sie uns hassen! Sie denken an nichts andres, als wie sie ihren Haß stillen können! Sie verzeihen uns nicht, daß wir sie in dem uns aufgedrungenen Krieg besiegten, daß wir die Stärkeren geblieben sind. Nicht nur die Stärkeren, sondern auch die Besseren, wie wir ohne Überhebung von uns sagen dürfen. Auch die um vieles Tüchtigeren, trotz ihrer großen Kultur. Aber in dem einen sind sie uns über: in ihrem Haß. Ja, Herr Graf, wehe uns, wenn wir Deutsche nicht wieder hassen könnten! Ein guter Geist bewahre uns Deutsche davor. Jeder Blutstropfen in uns muß aufglühen in Haß wider euch…Und bei diesen Leuten war ich zu Gast! Ich schäme mich. Und du – was geht das mich an? Verzeih! Es übermannte mich. Aber weil ich ihren Haß fühle wie eine teuflische Gewalt, riß es mich hin. Wir sind hier von Todfeinden umringt und ich saß an ihrem Tisch, aß ihr Brot. Welche Schande für mich!«

»Du meinst, welche Schande für mich.«

»Das ist deine Sache. Gleich morgen werde ich mich bei deinen Freunden verabschieden.«

»Du willst abreisen?«

»Gleich morgen. Ich habe genug von dieser Welt. Mir ekelt.«

»Du verachtest mich?«

»Weil dir diese Welt so gut gefällt? Weil du dieses Pariser Dämchen so zärtlich liebst? Weil dieser Herr Graf – doch das alles ist deine eigene Angelegenheit. Jedenfalls reise ich. Deutschland, Heimat, Bayern, mein Volk! Noch niemals fühlte ich so stark das stolze Glück, Deutscher zu sein und solche Heimat zu haben, bewohnt von solchem Volk. Es ist ein Glück, das ich mir immer von neuem verdienen muß, ich und jeder Deutsche. Dasselbe sagte ich auch diesem Grafen, den ich –«

»Den du hassest?«

»Hassen? Ich dieses Herrlein hassen? Diesen Wüstling und Verderber! Du meinst wohl, den ich verachte? Jawohl, ich verachte den feinen Herrn, und das von ganzem Herzen. Du freilich –«

Sie war so totenbleich, daß er nicht weiter sprach…

Auch für diesen Abend war der Freiherr auf das Schloß geladen. Er sagte ab, was selbst Yvonne weniger lebhaft bedauerte als der Graf. Am nächsten Vormittag erschien der Freiherr, um sich zu verabschieden; er habe zu Hause zu tun und es sei des Müßiggangs genug. Auch sei die Welt der Riviera für einen Menschen seines Schlags zu verlockend und schön. Ein Mensch des Nordens gehöre nicht in diese Welt, ein solcher Mensch bedürfe der Rauheit und Härte. Darum sei es für ihn die höchste Zeit, heimzukehren, wo freilich noch immer Winter herrsche. Aber das sei für ihn gerade das rechte!

Yvonne schmollte, was ihr, wie sie wußte, reizend stand. »Sie gehen fort und wissen, daß ich gerade im Begriff bin, mich in Sie zu verlieben! Wie abscheulich von Ihnen! Wie kann ein Mann fortgehen, wenn ihm von einer Dame derartige schöne Dinge gesagt werden? Aber so seid ihr Deutschen! Wenig galant seid ihr! Freilich ist es gerade eure Ungalanterie und Ungrazie, die euch für uns gefährlich macht. Jawohl, mein ungalanter Herr! Aber gehen Sie nur! Wir werden uns zu trösten wissen. Jagen Sie in Ihrem abscheulichen Eislande Bären und herzen Sie das Töchterlein Ihres Försters, wie es Ihr Kronprinz getan haben soll, der dafür von dem Försterpapa auf das abscheulichste abgeschlachtet wurde…Charles, *my sweatheart*, was sagst du dazu, daß dieser Herr fortgeht, obgleich ihm deine arme kleine Frau eine Liebeserklärung macht?«

Was Charles dazu sagte? Charles bedauerte unendlich, Charles würde den scharmanten Vetter der schönen Freundin seiner armen kleinen Frau sehr vermissen. Es war von dem Herrn Baron unendlich liebenswürdig gewesen, bisweilen im Schloß gespeist zu haben. Leider nur bisweilen.

Die beiden standen einander gegenüber. Der Deutsche übersah die zum Abschied ausgestreckte Hand des Franzosen, der seine Hand sinken lassen mußte. Sie sahen sich an, zwei Todfeinde.

Jawohl, Graf von Roquebrune – auch der Deutsche konnte hassen! Haß war ja wohl Kraft. Aber nicht der Haß, sondern die Kraft verleiht einem Volke den Sieg. Es kommt nur darauf an, welcher Wille und welche Kraft am machtvollsten ist…

Der Freiherr ließ sich bei Scholastika melden. Sie stand, ihn erwartend, mit dem Rücken gegen das Fenster.

Vielleicht kam er, um ihr zu sagen: »Reise mit mir. Ich nehme dich mit mir zurück in die Heimat, nach Hause!«

Er kam und schien nicht zu sehen, wie bleich sie auch heute war.

»Willst du dich nicht setzen?«

»Entschuldige. Ich habe Eile und muß noch packen.«

»Dann lebe wohl.«

»Du bleibst wohl noch eine Weile hier?«

»Ich bleibe noch eine Weile hier.«

»Deine Freunde sagten mir, du würdest sie wahrscheinlich doch nach Paris begleiten?«

»Nein. Ich sagte dir ja schon, so reizende Menschen meine Freunde auch sind, werde ich ihrer Einladung nicht Folge leisten.«

»So reizende Menschen deine Freunde auch sind – ich verstehe, daß der Graf leidenschaftlich geliebt werden kann. Freilich von keiner deutschen Frau, das wäre für eine deutsche Frau undenkbar, abgesehen von dem unauslöschlichen Haß dieser Herren Franzosen gegen alles, was deutsch ist. Wir sprachen übrigens gestern davon. Aber ich stehe hier und schwatze. Zu Hause werde ich alle von dir grüßen ... Wo ist die Zenz? Ich möchte der guten Alten Lebewohl sagen.«

»Ich werde sie rufen.«

Sie ging in ihr Schlafzimmer, benachrichtigte die Zenz, kehrte nicht zurück.

»Das wäre für eine deutsche Frau undenkbar –!«

Sie sank neben ihrem Lager zu Boden, das Gesicht in die Kissen vergraben...

Scholastika blieb an diesem Tage allein. Ihre Freunde fuhren nach Antibes, wo ein englischer Freund ein wegen seiner Schönheit berühmtes Landhaus besaß. Scholastika hatte mit von der Partie sein wollen, entschuldigte sich jedoch.

Wie es dann kam –

Plötzlich stand er vor ihr und sagte ihr, er habe seine Frau nicht begleitet, er sei zu Hause geblieben; denn er müsse sie sprechen, sie müsse ihn anhören, müsse die Seine werden. Seine Liebe zu ihr sei eine Gewalt von oben herab, sei etwas Überirdisches, also etwas Heiliges. Und auch sie –

Ja, ja, und auch sie –

Da sagte sie ihm, sie liebe ihren Vetter. Es sei für sie eine Schmach, seinen Erklärungen Gehör geschenkt, eine Schmach sei es für ihn, diese Erklärungen gemacht zu haben und sie jetzt zu wiederholen. Die Schuld dafür treffe indes lediglich sie selbst.

Und sie sagte ihm, sie würde sein Haus am nächsten Tage verlassen.

24

Hanns Wolfram kehrte zurück in die Heimat, die noch immer in tiefem Winterschlaf lag und die ihm noch niemals so herrlich erschienen war. Und so wundervoll deutsch! Er war in dem Lande ewigen Blühens und höchster Erdenschönheit gewesen, hatte in dem Fürstentum, dessen Herrscher Freund des deutschen Kaisers sich nannte und der ein bedeutender Gelehrter, ein edler Mensch sein sollte, in dessen Spielpalast sein Glück versucht; hatte im Spiele Glück gehabt, war mit einem kleinen Vermögen zurückgekommen, welches er bis auf das letzte Goldstück seiner Gemeinde übergab.

»Wir werden das Geld vielleicht bald für unsre Witwen und Waisen brauchen können. Der Haß der Franzosen ist unauslöschlich. Ihr Haß wartet nur auf eine Gelegenheit, um sich auf uns zu stürzen wie eine Meute reißender Tiere auf ihr Opfer, welches sie wehrlos glaubt und das sie zerreißen will: lebendigen Leibes, Glied für Glied. Ich sah ihren Haß in ihren Blicken lodern, fühlte ihren Haß in ihren Worten glühen, so gleißend sie waren. Ich sah ihre Soldaten, ihre Alpenjäger und ihre Kavallerie. Wir sollen uns hüten, sie zu unterschätzen. Wäre Frankreich auch nicht ein mächtiges Land, so wäre doch Frankreichs Haß eine furchtbare Gewalt. Um dieser Gewalt zu trotzen, um diese Wut niederzuringen, muß auch unser Haß lohen und lodern, ein himmlisches Feuer, in deutschen Herzen von einer Gottheit entzündet. Unser Haß wider Deutschlands unversöhnlichen Feind – auch' er birgt in sich den Willen zum Sieg, gegründet auf das Recht unsrer Sache. Dieses Recht ist ein höchstes Gut unsres Volkes.«

So hatte der Zurückgekehrte zu guten Freunden gesprochen und in ähnlicher volkstümlicher Weise zu den Männern seiner Gemeinde. In München hatte man ihn ausgelacht. Deutschland wolle den Frieden. Es wolle die Wohlfahrt des Volkes in fleißiger Arbeit sich entwickeln lassen. Die Bauern hatten ihren Herrn Baron vollends nicht verstanden und verwundert die Köpfe geschüttelt. Krieg? Wie und von wo sollte denn Krieg kommen? Der Landmann bestellte in Frieden seinen Acker, auf Wiesen und Almen weidete in Frieden das Vieh, und die Glocken der Herden erklangen gleich einem ewigen Friedensgeläut. Und dann – Krieg? Länderverheerender, völkermordender Krieg? Erst anno 1870 war Krieg gewesen, mit dem Franzmann dort drüben im Westen! Der Franzmann hatte damals vom Krieg genug gehabt; hatte die deutschen Waffen an seinem Leibe gespürt, die Waffen der Preußen und Sachsen, der Württemberger und Badener, die Waffen der Bayern! Der preußische Adler hatte scharfe Fänge, der bayrische Löwe gewaltige Tatzen. Also?

Also, wenn der Franzmann wieder mit den Deutschen anbinden wollte, so sollte er nur kommen! Es gab jetzt ein einiges Deutschland, ein einiges Volk in Waffen...

Erst eine volle Woche nach seiner Rückkehr aus dem Lande des Goldes und Glanzes begab sich der Freiherr nach dem Seehof, um seinen Verwandten die Grüße der Tochter zu überbringen und um zu berichten, daß Scholastika im Schloß von Monaco in Herrlichkeit und Freude lebe.

Ja aber, was war denn das? Das war ja doch die alte Zenz, die im Schloßhof stand und mit dem Schorschl nach Herzenslust schwatzte. Unmöglich konnte das die Zenz sein! Die befand sich ja doch bei ihrer Komtesse an der Azurküste, im Fürstenschloß von Monaco, aus dem sie dem Vetter Freiherrn wieder Bericht senden wollte gleich jenem, der ihn damals veranlaßt hatte, seine Alpenklause zu verlassen und sich als leichtfertiger Glücksspieler nach Monte Carlo und ins Grandhotel zu begeben. Der Brief der Alten war nicht nur ein Dokument rührender Dienertreue, sondern auch sonst ein gar kostbares Schreiben gewesen. Denn welcher Stil, welche Orthographie!

Und nun hatte er die Halluzination, die Zenz, die ja doch in Monaco war, leibhaftig vor sich zu sehen.

»Zenz! Du bist's? Bist es leibhaftig?«

Sie kam dem Vetter Freiherrn entgegen, über das ganze alte gute Gesicht lachend und leuchtend. Sie erklärte stolz: »Ich und der Schorschl, wir verstehen einander, wie uns auf dem Seehof sonst niemand versteht; denn wir sprechen miteinander Französisch! Der Schorschl sagt, ich könne es fast so gut wie er selber und er war doch länger als ein Jahr bei den Franzosen. Sogar in Paris war der Schorschl... Ach, Herr Baron, wie schön ist es doch bei uns! Etwas Schöneres gibt es nicht auf der Welt. Die Frauenzimmer dort drüben – Maria und Joseph! Und der Mosjö Schan Baptiste! Zu Mittag gibt's heute abgebräunte Kalbshaxeln und Rohrnudeln. Denken der Herr Baron: abgebräunte Kalbshaxeln und Rohrnudeln!«

Der Herr Baron aber sagte nur: »Und deine Komtesse? Du konntest deine Komtesse verlassen?«

Da sah die Zenz den Vetter Freiherrn bitterböse an, war aber gleich darauf wieder gut und meinte so obenhin: »Ich hätte meine Komtesse verlassen? Das Gesicht von dem Herrn Grafen hätte der Herr Baron sehen sollen, als meine Komtesse plötzlich abreiste, gleich den Tag nach dem Herrn Baron.«

»Scholastika abgereist? Gleich nach mir? Also ist sie –«

»Freilich ist sie! Auf dem Seehof ist sie! Und sie ist ganz stumm und still, bleich und elend: aber –«

Aber ohne ein Wort ließ der Herr Baron die Zenz stehen und lief ins Haus. Die Zenz sah ihm nach, das alte Gesicht ganz Lachen und Leuchten. Dann suchte sie ihren Freund wieder auf, den Schorschl, mit dem sie nur mehr Französisch sprach: über die Franzosen und was das für ein Volk sei. Aber sie sollten nur kommen, die Herren Franzosen. Nach Oberbayern sollten sie kommen!

Hanns Wolfram ließ sich bei seinen Verwandten melden, zeigte jedoch nicht das mindeste Erstaunen darüber, daß seine Base das Haus der Grimaldi verlassen und aus dem Blütenlande heimgekehrt war nach dem noch immer winterlichen Seehof, zu dem rauhen Volk ihrer Heimat. Auch nicht das geringste Bedauern, als sie ihm entgegentrat, stumm und still, bleich und elend – wie die Zenz sie geschildert hatte...

Die beiden jungen Leute sprachen von diesem und jenem, nur nicht von dem einen: nur nicht von dem Paradies an der Azurküste, das hinter ihnen lag, weit, weit hinter ihnen! Für Scholastika in unerreichbare Ferne entrückt, für Hanns Wolfram verschwunden, als hätte er das irdische Elysium mit keinem Fuße betreten.

Für Scholastika war es eine Versuchung gewesen, für ihn hätte es niemals eine solche werden können. Nun mußte sie sehen, wie sie damit fertig wurde. Auch fertig mit ihrem gebrochenen Stolz, ihrer seelischen Niederlage, die für sie Demütigung war. Erst wenn sie sich selbst wieder geläutert und erhoben hatte, erst dann –

Dem jungen Manne pochte das Herz in heißen Schlägen, wenn er dachte, was dann kommen würde.

Dann hatte sie die Prüfung bestanden, dann war sie seiner treuen Liebe wert, dann kam für beide das Glück.

Es würde ein Glück sein ohne Ende.

25

Endlich senkte sich der Götterjüngling Frühling auch auf das deutsche Alpenland herab. Vom Himmel her kam der Ewig-Junge, auf Sonnenstrahlen niederfahrend und auf den Schwingen des Südwinds. Die unter der langen Schneelast vergilbten Matten grünten auf wie durch Zauberschlag, wurden zu Gefilden lichtblauer Veilchen, blaßvioletter Krokus und hellgelber Primeln. Von den Bäumen waren die Weiden die ersten, die zartgoldene Schleier an den Rändern der Bäche webten, und über den sprießenden Saaten jubilierten die Lerchen. Ihr Frühlingsgesang tönte aus hohen Lüften herab, während Lawinendonner gleich feierlichem Glockengeläut die Sonntagsstimmung der auferstehenden Natur durchtönte: »Heilig, heilig, der Friede auf Erden, Geist vom Geiste des Herrn!«

Der Freiherr ließ sich selten auf dem Seehof blicken. Er hatte viel zu tun. Arbeit! Auch das ein Evangelium, allen Völkern mit Engelszungen verkündet. Gesegnete Arbeit in heiliger Friedenszeit! Trotz allen Jammers der Menschheit lohnte es sich allein um der Arbeit willen, Mensch zu sein. Des Menschen Arbeit blieb Siegerin über des Menschen Leid.

Niemals hatte der Schloßherr den Segen der Arbeit so eindringlich als Glück empfunden, so recht als Lebensglück. Niemals war er von der Liebe zur Heimat so stark durchdrungen gewesen. Es war seine Heimatliebe, die ihm seine Arbeit, also sein Lebensglück gab. Jedes Gefühl setzte sich für ihn in Tätigkeit um. Also hieß es bei ihm nicht: »Gefühl ist alles,« sondern: »Tätigkeit, Arbeit ist alles!«

Ritt er in diesem Frühling des Jahres 1914 über seine Fluren, schritt er durch seine Wälder, stieg er auf zu seinen Almen und blickte er von hoch droben auf sein Besitztum hinab, so war ihm zumut, als müßte er sich auch die Heimat erst verdienen. Er sah die Fruchtbarkeit des Vaterlands, zu der sich die Majestät der Alpen gesellte, und seine Augen liebkosten die heimatliche Welt. Heimaterde, Heimatscholle! Sie zu hegen und zu pflegen wie eine Mutter ihr Kind, jedes Unheil von ihr abzuwenden, sie vor Schaden zu bewahren, damit sie dem Menschen helfe, das Gebet zu erfüllen: »Unser täglich Brot gib uns heute« – Der Landmann, zu solchem Neil berufen, durfte wohl Hände und Seele aufheben zum Dank, daß er gewürdigt war, ein Sohn von Mutter Erde zu sein.

Und wie liebte Hanns Wolfram das Haus, welches das Haus seiner Väter war; wie segnete er diese in ihr Grab hinein, daß sie ihm solches Haus als Erbe zurückgelassen hatten, zugleich mit der Pflicht, es in ihrem Sinn zu verwalten:

> »Was du ererbt von deinen Vätern hast,
> Erwirb es, um es zu besitzen.«

Das wollte er. Erwerben wollte er, um zu besitzen! Daß Goethes Wort über der Tür eines jeden Hauses, welches ein Vater dem Sohn zurückließ, tief eingegraben stände als Leitspruch, als Lebensspruch. Nicht nur über des Hauses Tür, sondern auch im Herzen des Sohnes.

Alt war sein Haus, umgrünt von Fluren, umschattet von Wäldern, unter dem von Schnee gekrönten Alpengipfel. Vor Jahrhunderten ward es gebaut. Geschlecht auf Geschlecht hatte dazu Stein auf Stein getragen und jedes Geschlecht war tüchtig gewesen; jedes Geschlecht hatte seine Lebensarbeit getan, so daß es in Frieden ausruhen durfte in der Gruft auf dem kleinen Dorffriedhof, der von freier Höhe niederschaute in das weite, gesegnete Land. Die von den Lieblingsblumen der Ruhenden umblühten schmiedeisernen Kreuze trugen in verlöschender Schrift die Namen der Dorfbewohner, immer die nämlichen Namen. Im Leben hatten sie dem Herrengeschlecht treue Dienste geleistet und sich dadurch ein Recht erworben, auch im Tode bei ihren Gebietern zu sein, um, vereint mit ihnen, das letzte Ostern zu feiern.

Auch im Hause des jungen Freiherrn war alles alt und ehrwürdig. Jedes Gerät hatte durch langen Gebrauch seine Weihe erhalten. Die großblumigen, wenig geschmackvollen Stickereien auf Sesseln und Diwans, auf Vorhängen und Teppichen hatten Großmutter und Urgroßmütter verfertigt und in der gewaltigen Bettstatt unter einem Himmel von verblaßter Seide hatten Generationen geruht, waren Generationen geboren worden und hatten darin ihren letzten Seufzer ausgehaucht, um wiederum neuem Leben Platz zu machen.

Wie würde das alte Haus für eine junge Hausfrau sich eignen?

Es waren die alten Zeiten, waren die alten Menschen nicht mehr. Die junge Zeit forderte andres, als das alte Haus geben konnte. Es mußte umgeschaffen werden, auch das alte Haus mußte sich erneuen...

Wenn der junge Hausherr, ausruhend von des Tages Arbeit, des Abends seine nachbarlichen Verwandten besuchte, so kam ihm gewöhnlich die Zenz entgegen. Die beiden heimlich Verbündeten sprachen nicht viel; aber die Alte nickte dem Vetter Freiherrn vertraulich zu. Es war diese stumme Sprache, die des Junkers Hoffnung auf ein aufblühendes schönes Glück immer wieder belebte. Trat er dann zu Tante und Oheim, so war's, als erschiene mit ihm nicht nur Jugend und Kraft, sondern auch Helle und Heiterkeit in dem grauen Gemäuer.

Worüber der Junge mit den beiden Alten redete? Stets das nämliche: über den Segen der Scholle, über das Glück, Landmann und Landwirt zu sein. Hanns Wolfram sprach von diesem Segen und von diesem Glück wie ein Abgesandter von seiner Mission: »Besonders wir Deutsche wurden dafür auserwählt, das Feld zu bestellen. Ich kann euch nicht sagen, weshalb ich den Beruf des Landmanns gerade jetzt so tief als die herrlichste aller Pflichten empfinde. Vielleicht ist es der Rückschlag des Lotterlebens in dem großen Lusthaus Seiner Hoheit des Fürsten von Monaco, herbeigeführt durch die schroffen Gegensätze zwischen dort und hier. Gerade unser rauhes nordisches Klima und daß bei uns die Scholle solcher harter Arbeit bedarf, gerade das ist für uns das rechte. Wir können keine Nelken- und Rosenfelder pflanzen, bauen aber dafür Korn und Kartoffeln, Nahrung des Volks. Als ich von jenseit der Alpen über die Grenze kam und den ersten ungeschlachten Deutschen, den ersten bayrischen Eisenbahnschaffner in unserm geliebten bayrischen Blau erblickte, hätte ich dem Manne die Hand schütteln mögen. »Grüß Gott, Landsmann!« Und als der erste mich ansprach in einer Sprache, die durchaus nicht Wohllaut war, nicht einmal sonderlich höflich im Ton – ich sage euch, das Herz schlug mir vor Stolz, ein Sohn dieses Landes zu sein.«

Der Oheim sagte einmal: »Als du zurückkamst, konntest du das französische Militär nicht genug rühmen. Wie steht es also damit?«

»Ich rühme es auch heute noch. Wir unterschätzen es. Möge es uns nicht zum Unheil gereichen.«

»Und die Italiener?«

»Du meinst, das italienische Militär an der französischen Grenze? Beim Ausbruch eines Krieges zwischen Frankreich und Deutschland wird das erste sein, daß Italien sein Militär von der französischen Grenze zurückzieht, damit Frankreich sein Grenzheer gegen uns werfen kann.«

»Wie darfst du das sagen! Etwas so Schändliches von unsern Bundesgenossen?«

»Ich sage es.«

Da ward der alte Herr böse...

Solche und ähnliche Gespräche hörte Scholastika wortlos mit an. Sie war mit einer ebenso kostbaren wie mühsamen Stickerei beschäftigt, mit einer Altardecke für Altötting. Fromm durfte des Freiherrn von Wagging Hausfrau sein, gut katholisch fromm. Aber das Bleiche und Stille mußte aus Antlitz und Wesen des geliebten Mädchens verschwinden, würde es auch! Dann sollten Antlitz und Wesen leuchten wie ein Maientag.

Daß der Frühling in dieser jetzt noch so stillen und starren Frauenseele bald anbrechen möchte!

Sommer!

Des Landmanns Arbeit in den oberbayrischen Bergen ward gesegnet. Der Acker, für den er wie ein geliebtes Kind gesorgt hatte, lohnte ihm seine Treue; die Saaten, frommen Gemütes ausgestreut, reiften der Ernte zu. So wälzte sich denn die goldene Woge über alle Höhen, füllte alle Tiefen und spendete dem Volk sein tägliches Brot.

Da geschah es, daß in einer Provinz des bundesgenössischen Kaiserreichs ein teuflisches Verbrechen begangen wurde. Österreichs Thronfolger und seine Gemahlin, die Herzogin von Hohenberg, erlagen einem Attentat, von Schandbuben ersonnen, von gedingten Meuchelmördern ausgeführt. Nicht nur in Deutschland erregte die Greueltat Abscheu, sie mußte das auch in andern Staaten erregen: in dem gewaltigen Rußland, dem stolzen England, dem ritterlichen Frankreich; in dem freien Amerika und in Italien, dem Verbündeten Österreich-Ungarns, freilich zugleich dem Vaterlande der Königsmörder und politischer Banditen. Die ganze zivilisierte Welt würde auffahren in Entsetzen und Empörung. Aber, ob Verrat und Verbrechen, blutige Greuel und gräßlicher Mord in der Welt wüteten, Mutter Erde gab ihren Söhnen den Reichtum ihres Schoßes als Lohn ihrer Arbeit. Mochten Verrat und Verbrechen, Greuel und Mord geschehen, die Saaten reiften darum doch und wurden von dem Landmann als Himmelssegen in die Scheuern geführt.

Plötzlich durchgellte das Hochamt der Erde ein Aufschrei: »Krieg! Krieg Deutschlands und Österreich-Ungarns wider Serbien und Rußland, wider Frankreich und England, wider Japan und eine ganze Welt von Feinden, von denen sich einige noch im Verborgenen hielten, so recht im Hinterhalt, um im gegebenen Augenblick sich gleichfalls auf die Angegriffenen zu stürzen, womöglich erst, wenn das Edelwild von der Meute beutegieriger Wölfe zu Tode gehetzt worden war und von der menschlichen Hyäne der Schlachtfelder der Leichenraub begangen werden konnte...

Keine Lawinen gingen mehr von den Gipfeln zur Tiefe nieder. Dennoch rollte durch das ganze Deutsche Reich vom Meeresstrand bis zu den Felsenwällen der Alpen ein Donnerhall, des deutschen Volkes Gesang: »Deutschland, Deutschland über alles!«

Fahnen heraus!

Schwarzweißrot, Schwarz und Weiß, Blauend Weiß!

Hoch Kaiser, König und Reich! Die Herzen auf! Aus dem Herzen die Vaterlandsliebe hervorbrechend gleich einem glühenden Strom. Männer und Jünglinge griffen zu den Waffen. Ein deutscher Traum erfüllte sich: das ganze Volk in Waffen!

Nicht zum Angriff ein Volk in Waffen! Beim allwissenden, und allgerechten Gott – nicht zum Angriff, sondern zur Verteidigung von Weib und Kind, von Haus und Herd, von dem in reicher Ährenpracht blühenden Feld. Nein, nicht zum Angriff, sondern zur Verteidigung von Heimat und Vaterland.

Brause, Sturm deutscher Vaterlandsliebe!

Segne, weihe, heilige die Scharen, die herandrängen, die hinausziehen, um Weib und Kind, Haus und Herd, Heimat und Vaterland zu schützen!

Niemals war dem Deutschen die Heimat heiliger erschienen als in den ersten Augusttagen des Jahres 1914.

In dem Buch der Ewigkeit werde die Zahl verzeichnet mit dem Blut deutscher Helden.

Zugleich mit dem Glanz deutschen Ruhms. Bereits in den ersten Augusttagen kam für den Freiherrn der Befehl der Einberufung. Das war eine stolze Stunde! Zugleich mit dem Herrn mußte die gesamte dienstpflichtige Jugend von Schloß und Dorf einrücken. Auch die Landwehr. Fortan waren sie nicht mehr ihres jungen Gebieters treue Dienstleute, sondern ihres Herrn getreue Gefährten.

Von seinen Verwandten im Seehof nahm Hanns Wolfram Abschied. Der Graf empfing ihn als ein Verjüngter. Der alte Herr wollte das Menschenmögliche versuchen, um gleichfalls die Ehre zu haben, auf seine Weise dem Vaterlande zu dienen. Kein Mann mit gesunden Gliedmaßen durfte zurückbleiben. Es hatte in Deutschland Zeiten gegeben, wo Kinder und Greise kämpften: anno 1813 wider den Bonaparte und vorher unter Friedrich dem Großen. Auch damals stand das kleine Preußen wider eine Welt von Feinden.

Friedrich der Große –

Was der eine Name nannte! Eine Welt von Königsgröße ward ausgesprochen mit dem einen Namen…

Von Scholastika nahm der Ausrückende Abschied. Auch jetzt war sie still und bleich. Aber in dem Blick, mit dem sie dem Scheidenden in die Augen sah, lag ein Glanz, der ihr ganzes Wesen durchstrahlte. Er wollte ihr die Mitteilung machen, daß der Fürst von Monaco, der bedeutende Gelehrte und edle Mensch, der Freund des Deutschen Kaisers und Patron der Spielbank – daß dieser Mann einer der ersten der Verräterhorde war, die plötzlich erstand, gleichsam über Nacht. Aber er brachte es nicht über die Lippen.

Auch von anderm, was außer dem stolzen Glück, ein Deutscher zu sein, ihm das Herz erfüllte, schwieg der Scheidende, obgleich ihr Blick die Frage an ihn zu richten schien: »Wirst du nicht sprechen? Auch nicht in dieser Abschiedsstunde? Sprechen nur das eine Wort? Es soll ja nicht ein Wort der Liebe sein, sondern nur ein Wort der Verzeihung. Fühlst du denn nicht? Ich warte darauf. Hanns Wolfram, Freund meiner Kindheit, ich warte darauf.«

Er blieb jedoch stumm. Auch der Geliebten sagte er nur, was in diesen Tagen jeder seiner Bauern den Seinen sagte: »Aufs Wiederschauen!«

Er wollte zusammen mit den Kameraden zur Station marschieren. Ihre heimatlichen Lieder singend, ihre wilden Juchzer ausstoßend, durchzogen sie das Dorf. Mütter und Frauen, Bräute und heimliche Liebchen hatten die Scheidenden über und über mit Blumen geschmückt, mit Nelken, mit blutroten! Die Daheimbleibenden weinten nicht. Nicht eine machte dem Scheidenden den Abschied schwer. Auch dann nicht, wenn es der einzige Sohn war. Und wie die Mutter, so die Frau mit dem Säugling an der Brust oder mit dem noch Ungeborenen unter dem Herzen…

In der Dorfkirche war Hochamt. Wer drinnen keinen Platz mehr fand, blieb draußen vor der offenen Tür, zwischen den Gräbern der Eltern und Ahnen. Sommersonne ergoß ihren Glanz durch das ehrwürdige Heiligtum.

Hanns Wolfram wollte bei diesem letzten Gottesdienst in der Heimat nicht in dem freiherrlichen Chorstuhl seines Geschlechts einsam sitzen, sondern inmitten seiner Gemeinde zum Herrn der Heerscharen beten.

Als der geistliche Herr den Segen erteilt hatte und der letzte Orgelton verklungen war, als die Dorfleute das Gotteshaus verließen, welches ein Freiherr von Wagging vor vielen Jahrhunderten erbaut hatte, als jetzt auch Hanns Wolfram heraustrat – wer stand plötzlich vor ihm? Keine andre als die Zenz! Und die Zenz hatte für den Leutnant-Freiherrn einen prachtvollen »Buschen« leuchtendroter Nelken. Nun aber sind im Alpenlande rote Nelken die Blumen, die ein Mädchen seinem Schatz an den Hut steckt. Für Hanns Wolfram kamen die Blumen heimlicher Liebe vor aller Leute Augen als Abschiedsgruß von seiner Base. Freilich war es nur die Hand der Botin, die ihm die Blüten auf den Hut und vor die Brust steckte.

Sie rückten aus. Es begleitete sie der geistliche Herr und es begleiteten sie die Weiber, die Greise und Kinder. Die zukünftigen Helden sangen Heimatlieder, der Sommerhimmel der Heimat blaute über ihnen, die Berge der Heimat leuchteten mit ihren ewigen Gipfeln auf sie herab, die Wälder der Heimat rauschten ihnen Abschiedsgrüße zu, die Lerchen jubilierten und stiegen himmelan über den Feldern, auf denen die Ernte bereits begonnen hatte. Die Scheidenden aber meinten, noch niemals hätten die Lerchen so triumphierend gesungen. Es war wie Siegesgesang.

In dieser Stunde geschah es, daß Hanns Wolfram, der in seinem ganzen Leben kein noch so bescheidenes Verslein zusammengebracht, der selbst für die Geliebte keinen Reim hätte schmieden können – beim Abschied von der Heimat, auf dem Marsch mit den Kameraden, geschah es, daß seine Gedanken wider seinen Willen zu Strophen wurden, die Strophen zum Liede sich formten.

So sang er denn mit seiner jungen hellen Stimme in die wunderschöne Welt hinaus über
die Vaterlandserde hinweg:

Nun wollen wir Deutsche den Acker pflügen,
Daß alle Schädlinge elend erliegen;
Und dient auch den Deutschen das Schwert als Pflug –
Wir pflügen den Acker, das ist uns genug!

Nun wollen wir Deutsche das Feld bestellen.
Daß daran die Heere des Feindes zerschellen;
Und sind auch die Saaten deutsches Blut,
So sind sie doch Deutschlands heiligstes Gut!

Schon schießen die Ähren zu mächtigen Dolden.
Und reift auch die Ernte nicht leuchtend und golden,
War nie sie solch köstliches Eigentum:
Die deutsche Ehre, der deutsche Ruhm!

Und ist auch der Schnitter Allmeister Tod –
Gleich einem König ihn Purpur umloht.
Auch er ward von Gottes Gnaden gesandt.
Drum Heil dir, mein Deutschland, mein Vaterland!

Hört, wie die Leichen jubeln und singen.
Hört ihren Sang zum Himmel aufdringen.
Sie künden dem Herrgott: »Aus ist der Krieg!«
Sie künden dem Volke: »Frieden und Sieg!«

Gesegnet sei, Land; sei, Scholle, geweiht.
Es entsprießt dir die neue, die herrliche Zeit!
Und bringt sie auch Nöte und ist sie auch hart –
In himmlischen Gluten geschmiedet sie ward!

Und fragt ihr, was für ein Feuer das sei?
So ruft unsre toten Helden herbei.
Sie haben Deutschlands Größe geschweißt
In Lohe – Vaterlandsliebe sie heißt.

Und Scholastika?

War denn in dieser jungen Frauenseele so lange harter Winter gewesen, daß erst jetzt, in Sommers Mitten, der Frühling anbrach?

Auch während des Frühlings an der Azurküste war es für sie Winter gewesen und erst jetzt schmolz es in ihrem Innern, löste sich die Eisesrinde ihres erstarrten Empfindens. Erst jetzt begann es in ihrer Seele zu sprossen und zu blühen, als durch die deutschen Lande die Donner des Kriegsrufs dröhnten, die deutschen Lieder von der Meeresküste bis zu den Alpen gleich Orgelklängen brausten; als Mütter und Frauen, Bräute und heimliche Liebchen die ausziehenden Helden mit den Blumen der Heimat schmückten. Endlich erwachte auch diese Seele aus langem bangem Traum.

Die gute Gräfin erzählte beständig von anno 1870 und wie sie als Kind gleichfalls in heißen Sommertagen die ausrückenden Vaterlandshelden gesehen, die jauchzenden Vaterlandslieder gehört und im elterlichen Hause geholfen hatte, Scharpie zu zupfen. Tagelang, wochenlang Scharpie! Aus altem weichem Linnen! Scharpie! Jetzt sollte keine Scharpie mehr gezupft werden. Selbst darin war es eine neue Zeit geworden. Aber stricken konnten die deutschen Frauen. Ein wahres Wollgebirge konnten sie verstricken zu Socken und Leibbinden und zu sonst allerlei.

Scholastika ging im Dorf von Haus zu Haus, sprach zu den Daheimgebliebenen mit leuchtenden Augen und heißem Herzen. Nirgends brauchte sie aufzurichten und zu trösten. Es war ein heiliger Krieg; denn es war ein gerechter Krieg! Das wußte das deutsche Volk und glaubte daran wie an das Evangelium selbst.

Sie besuchte auch das Nachbardorf, über dem auf der Waldwiese das Haus des Vetters sich erhob, mittelalterlich düster, und dennoch – auch hier ging sie von Haus zu Haus und in jedem Hause hörte sie: »Ja, unser Herr Baron! Das ist ein Mann! Einen solchen gibt es nicht mehr! Nicht nur unser guter Herr ist er, sondern auch unser bester Freund. Wir tragen zu ihm unsern Kummer und unsre Sorgen wie zu unserm geistlichen Herrn, und wie dieser, so steht er uns bei. Daß es Krieg gibt, hat unser Herr Baron voraus gewußt. Als er mit dem vielen Geld aus Frankreich zurückkam, hat er es uns gleich gesagt. Aber wir glaubten ihm nicht. Das viele Geld hat er der Gemeinde geschenkt, für die Witwen und Waisen, wenn der große Krieg käme. Es wird bei uns jedoch keine Witwen und Waisen geben; denn unsre Männer und Buben werden es den Franzosen und Engländern, den Russen und Serben und wer sonst noch unser Feind ist, schon zeigen. Denn raufen können unsre Männer und Buben –«

Scholastika hörte zu mit einem Glanz in den Augen, daß die guten Leute sie anstarrten und nachher zueinander sagten: »Daß das Fräulein Komtesse so schön ist, haben wir nicht gewußt. Gar wunderschön ist sie! Wenn die unsre Frau Baronin würde; ja, dann –«

Scholastika ging von Haus zu Haus, als müßte sie in jedes von ihrer Liebe hineintragen. Sie sah hinauf zu dem Gemäuer, das geweiht war, weil ein guter Mensch darin lebte. Es lag eingebettet in dem Grün der Matten, umdunkelt von den Wäldern, und war so feierlich-friedlich, als gäbe es auf Erden keinen Krieg. Auch kein Unglück, keinen Jammer, keinen Tod, sondern nur etwas, das vom Himmel war. Also Eintracht, Liebe und Glück. Ihr Blick grüßte die Felder, die unter dem sorgenden Auge des Herrn bestellt worden waren und deren Frucht nun von Frauen und Kindern eingebracht wurde. Es war indes keine Arbeit, sondern ein Fest. Lerchenjubel in den Lüften, Menschengesang auf Erden, beides dem Herrn dargebracht.

Und die gute Gräfin erzählte, wie sie anno 1870 mit ihren Eltern jeden Tag zur nächsten Eisenbahnstation gefahren sei, einen mächtigen Korb mit Butterbroten und Bier, mit Zigarren und Obst im Jagdwagen. Sie erinnerte sich der Vorgänge genau. Zug auf Zug fuhr ein, jeder Zug überfüllt mit Ausrückenden, jeder Mann bekränzt wie zur Hochzeit. Mit ihren Kinderhänden hatte sie den singenden und jauchzenden Scharen ihre Gaben ausgeteilt.

So war es damals gewesen … Und gleich in der ersten Woche Sieg auf Sieg!

Jetzt fuhr die Tochter der guten Gräfin jeden Tag hinaus zur Bahn mit mächtigen Körben. Zug auf Zug brauste heran mit singenden und jauchzenden Scharen, wie zur Hochzeit geschmückt. Sie empfingen aus den Händen des schönen Mädchens die Gaben der Liebe...

Eines Abends erklärte der Graf: »Morgen fahre ich nach München. Ich halte es in der Einsamkeit nicht aus. Ich will mitten darunter sein; will selbst hören, ob man mich wirklich nicht brauchen kann! Man muß mich brauchen können! Auch schrieb mir heute Hanns Wolfram, er rücke in etlichen Tagen aus, direkt an die Front in die Vogesen, und ich will den prächtigen Jungen noch einmal sehen.«

Da sagte Scholastika: »Ich fahre mit dir.«

Also fuhren Vater und Tochter nach München. Sie stiegen dieses Mal nicht im Hotel Marienbad in der Barerstraße ab, wie sonst wohl, wenn die gute Gräfin in der Hauptstadt Besorgungen machte oder der Graf im Klub die alten Freunde wiedersehen wollte. Dieses Mal bezogen Vater und Tochter das palaisähnliche Haus der Grafen Puch-Puchstein in der Brienner Straße, nahe der Türkenkaserne. Kaum angekommen, sagte Scholastika: »Du suchst ihn doch gleich auf?«

»Am Abend bringe ich ihn her. Wenn es irgend geht, soll er bei uns wohnen.«

»Ich begleite dich.«

»Hast du solche Eile, deinen Vetter wiederzusehen? Ganz plötzlich solche Eile?«

»Ich habe ihm etwas zu sagen, das Eile hat.«

»Also komm.«

Soldaten – Soldaten – Soldaten! Ganz München eine einzige Soldatenstadt! Und ganz München flammende Begeisterung, gläubige Zuversicht, unerschütterlicher Siegeswille. So war es hier und so war es in jeder Stadt des großen Deutschen Reichs.

»Lieb Vaterland, darfst ruhig sein!«

In der Kaserne herrschte kriegsmäßiges Treiben und nur mit Mühe konnte der Graf seinen Neffen erfragen. Endlich kam dieser und führte die Verwandten auf sein Zimmer.

Was war aus dem Manne geworden? Nicht doch! Der Mann war derselbe geblieben, der er immer gewesen. Aber der Freiherr Hanns Wolfram von Wagging war plötzlich ein schöner Mann geworden, mit einem Ausdruck in Miene und Blick –

Der Graf sagte nach der Begrüßung: »Ich kam, um dich zu bitten, wenn du es irgend ermöglichen kannst, die letzten Tage bei uns zu wohnen. Scholastika wünschte, dich gleich zu sehen, sie hätte dir etwas zu sagen.«

»In Gegenwart meines Vaters.«

Auch jetzt war sie sehr bleich; aber ihre Augen hatten das nämliche verklärende Leuchten wie die Augen des Geliebten. In ihres Vaters Gegenwart sagte sie: »Lieber Vater, und du, Vetter Wolf – als ich in Monaco war, ging ich nicht zur Beichte, weil der rechte Priester fehlte, dem ich mein Herz hätte ausschütten und meine Schuld hätte bekennen können ... Ich bitte, unterbrecht mich nicht! Ich sagte, meine Schuld. Denn in dem Lande der Sonne und Schönheit wurden meine Sinne verwirrt, berauscht, betäubt. Es trat an mich eine Versuchung heran, von der ich heute nicht begreife, daß es eine Versuchung hatte sein können. Sie wühlte mein ganzes Inneres auf, zeigte mir wie in einer Vision Bilder des Glanzes und Glücks, entzückte und berückte mich. Ich kämpfte dagegen, wehrte mich wider den Mann, der als Versucher an mich herantrat, der mich mir selbst untreu machen wollte. Untreu machen wollte er mich auch gegen dich, Vetter Wolf.«

Der Graf wollte seine Tochter voller Entsetzen unterbrechen; doch sein Neffe hob beschwichtigend, abwehrend die Hand. Keinen Blick wandte der junge Mann von dem Mädchen, das sein Bekenntnis ablegte. Zugleich fühlte er seine Liebe so machtvoll, daß es ihm die Brust zu sprengen drohte. Es war des Glücks fast zu viel: sein Vaterland und – seine Braut!

Scholastika sprach weiter, immer noch sehr bleich; aber immer mit dem stillen Leuchten im Blick.

»Da kamst du, Vetter Wolf, und da erkannte ich denn. Es war nicht schwer zu erkennen, nur war es schwer zu verschmerzen. Ich meine, zu verschmerzen, was ich dir angetan hatte. Wußte ich doch, wie teuer ich dir war und daß du mich schon als Kind liebhattest. Um dir das in meines Vaters Gegenwart zu sagen, kam ich her. Und jetzt, lieber Vetter Wolf, ziehst du hinaus, um dem Vaterland dein Leben zu geben. Meine Gedanken begleiten dich und jeder meiner Gedanken ist für dich ein Gebet. Möge es vor dir herziehen wie ein Engel mit feurigem Schwert. Kehrst du dann zurück, ein Krieger, der ein Sieger ward; dann –«

Jetzt war es der liebe Vetter Wolf, der seines Bäschens feierliche Rede unterbrach. Er trat vor seinen Oheim und sagte: »Du hast das Bekenntnis deiner Tochter gehört. Jetzt höre auch das meine. Ich liebe deine Tochter, liebe sie so innig, wie ein Mann meiner Art das Mädchen seiner Wahl nur lieben kann. Sie gehört mir. Und da ich nicht lasse, was mir gehört, so bitte ich dich um deinen väterlichen Segen. Aber nicht als meine Braut will ich deine Tochter zurücklassen, sondern als mein Weib. Gestatte daher deinen Kindern die Kriegstrauung. Sie bitten dich. Es bittet dich auch deine Tochter. Sieh sie an! Sie wird es nicht sagen; aber –«

Aber sie sagte: »Vater, ich bitte dich!«

Kriegstrauung, Hochzeit!

Die gute Gräfin, der die große Kunde telegraphisch wurde, war viel zu erschüttert, um kommen zu können. Doch die Zenz reiste nach München; denn die Zenz mußte dabei sein; der Bräutigam und sie wußten, weshalb. Schade, daß nicht einer der Trauzeugen der Graf von Roquebrune sein konnte. Aber der Herr Graf befanden sich in Frankreich und der Herr Graf würden gewiß gleichfalls ausziehen wider die deutschen Barbaren, die er haßte, wie von allen Völkern der Erde nur ein Franzose hassen kann.

Sie wurden vermählt. Ganz München schien mit den beiden zu feiern und alle die Bekränzten schienen Zeugen ihres Glücks zu sein.

Gesang durch ganz München! Die Kriegslieder schallten von den Lippen der Ausziehenden sowohl wie von denen der Zurückbleibenden. Kein Halleluja und kein Hosianna konnte heiliger tönen.

Als die Leute von Wagging hörten, sie bekämen eine Frau Baronin und es wäre das Fräulein Komtesse vom Seehof, baten sie ihren Herrn Vorgesetzten, der Trauung beiwohnen zu dürfen. Die Bitte wurde gewährt.

Das war nun freilich keine Hochzeit, wie sie die Leute von Wagging in der Heimat gefeiert hatten, wenn ihr Herr Baron dort Hochzeit gehalten hätte. Eine recht stille Hochzeit war's; aber feierlich, als wäre der Herrgott selbst anwesend. Das Gesicht der schönen Braut war verklärt, als fiele darauf ein Strahl von der Gegenwart der Gottheit. Und wie sah der Bräutigam aus! Als wäre er schon jetzt ein Sieger.

Spät abends wurde den Neuvermählten vor dem Hause der Grafen Puch-Puchstein von der Kapelle der »Leiber« ein Ständchen gebracht, der Hochzeitsmarsch aus Lohengrin! Darauf erhob sich ein Jauchzen, als wäre die Residenzstadt München das kleine Alpendorf Wagging. Denn das ging doch nicht an, daß ihr Herr Baron Hochzeit hielt, ohne als Gutenachtgruß die Jauchzer der Wagginger »Buam« zu hören.

Auch in Wagging selbst jubelte und jauchzte, wer zurückgeblieben war. Es drang empor zu den ewigen Gipfeln über dem alten Hause des edeln Geschlechts, dessen jüngster Sohn seinem Hause heute die Hausfrau gab.

Wenige Tage nach der Hochzeit erfolgte der Ausmarsch. Der Neuvermählte begab sich aus der Brienner Straße in seine Kaserne, vor deren Tor die junge Gattin stand, zusammen mit vielen andern Frauen, darunter sich manche Kriegsgetraute befand.

Der Ausziehenden harrten Mütter und Frauen, Bräute und heimliche Liebchen. Und der Väter harrten die Kinder...

Sie kamen, die »Leiber!« Unter klingendem Spiel zogen sie aus.

Dort war er, der Geliebte, der Gatte! An seiner Seite schritt Scholastika mit dem Regiment zur Bahn. Mit dem Regiment zum Hauptbahnhof schritten die andern Jungvermählten; schritten die Mütter und Frauen, die heimlichen Liebchen und Kinder.

Auf den Straßen eine dichtgedrängte Menge. Winken, Grüßen, Tücherschwenken, Rufe, Begeisterung, Taumel, Rausch. Dazu ein leuchtender Sommertag, dazu feiertägliches Glockengeläut.

Kein Lebewohl, kein Abschied. »Aufs Wiederschauen!«

Gleich nach Kriegsausbruch die ersten deutschen Siege. Die ersten deutschen Siege und Heldentaten des ganzen deutschen Volks in Waffen! Die Begeisterung ergriff die Herzen aller, entzündete in jedem Herzen die Flamme eines Opferbrandes auf dem Altar der Vaterlandsliebe.

Die Freifrau von Wagging kehrte nicht zurück auf den Seehof, sondern blieb in München, beim »Roten Kreuz« in der Nymphenburger Straße meldete sie sich für den Schwesternkurs…

Gleich nach Kriegsausbruch kamen von den Schlachtfeldern aus den Vogesen und dem Elsaß die ersten Verwundeten in das zu einem Lazarett umgeschaffene große Krankenhaus. Also konnte Scholastika sich gleich anfangs in den Dienst der Nächstenliebe stellen. Ihre gütige Lehrerin war die Oberschwester Vinzenta, eine Helferin der leidenden Menschheit, von jener Art von Frauen, deren ganzes Sein und Wesen christliche Selbstverleugnung, Hingabe und Güte ist.

Von Hanns Wolfram kamen von der Front die ersten Briefe!

Auch von ihm Siegesnachrichten! Daß auch er Heldentaten beging, verschwieg er. Aber sie wurden Scholastika dadurch kund, daß er zu den ersten gehörte, die von dem Kaiser und von Bayerns König Ehrenzeichen erhielten. Mit seinem letzten Schreiben schickte er sie der geliebten Frau.

Mit seinem letzten Schreiben –

Denn plötzlich kam kein Brief mehr. Plötzlich keine Kunde mehr von ihm. Keine Kunde mehr von ihm bereits im zweiten Monat des Kriegs.

Furchtbar wütete der Schlachtengott. Schon jetzt war es kein Kämpfen mehr, schon jetzt war es ein Morden. Und von ihm keine Kunde!

Endlich die eine: Der Name des Freiherrn Hanns von Wagging stand auf der Liste der Vermißten.

Vermißt war er, nicht tot! Verwundet konnte er sein, nicht tot. Gefangen vielleicht; aber nicht tot! Scholastika durfte hoffen, konnte warten. Also hoffte und wartete sie. Sie wartete auf die Kunde seines Lebens.

Er mußte leben! Wie konnte er tot sein? Er, der Starke, dessen Liebe zum Vaterland selbst den Tod bezwingen würde, stärker als selbst der Tod!

Stark blieb auch sie. Als »Schwester Magdalena« wurde sie von allen gekannt, von allen verehrt. Ihr Gesicht behielt das verklärte Lächeln, ihr Blick seinen Glanz.

Verwundete seines Regiments wurden eingebracht. Bei jedem einzelnen gab es für sie ein Beben und Bangen, ein zitterndes Hoffen und Harren.

Wenn es sich dann ihren Lippen entrang: »Kennen Sie den Freiherrn Hanns Wolfram von Wagging?«

»Ob ich ihn kannte!«

»Ich fragte, ob Sie ihn kennen?«

Aber alle sagten, sie hätten ihn gekannt. Alle sagten, sie hätten ihn geliebt und daß sie für ihn durch Feuer und Wasser gegangen wären, wie er für sie dasselbe getan haben würde, wenn –

Wenn er noch lebte…

»Er fiel. Ich sah ihn fallen,« sagten die einen.

»Ich sah ihn verwundet, schwer verwundet,« sprachen die andern.

»Er wurde gefangen« – die einen.

»Er ist tot« – die andern.

Schwester Magdalena erwiderte jedem: »Er lebt! Er muß leben! Er ward verwundet, wurde gefangen, wird vermißt, wird gefunden werden, wird wiederkommen.«

»Gute Schwester, kannten Sie unsern Freiherrn?«

»Ich bin seine Frau.«

Und sie hoffte und harrte.

Hoffend und harrend verband sie Wunden, stillte Schmerzen, linderte, tröstete. Sie stand an Sterbebetten und sandte einer Mutter, einer Gattin und Braut die letzten Grüße des für sein Vaterland gestorbenen Helden.

Ihr Gesicht überzog die Blässe des Todes; aber ihre Kraft wurde immer stärker, immer hoffnungsfreudiger ihre Zuversicht, daß er nicht tot sein konnte, daß er leben mußte! Leben für sein Vaterland, leben für seine Heimat, leben für sein Weib.

Auch leben für sein Kind, das sie unter dem Herzen trug. Also hoffte sie, harrte sie.

Sein Kind gebar sie nicht im Elternhause, sondern in dem Hause ihres Gatten.

Sie schenkte ihrem Gatten einen Sohn.

In dem Hause des alten Geschlechts gab es wieder einen jungen Hanns Wolfram von Wagging, und die alte Wabei, die den Vater in den Armen gehalten, betreute jetzt dessen Sohn.

»Aufs Wiederschauen!« hatte des Scheidenden letzter Abschiedsgruß an seine Gattin gelautet. Also kam er wieder! Denn was ein Freiherr von Wagging versprach, das hielt er, und er hatte ihr versprochen, daß sie ihn wiedersehen sollte.

Mußte sie ihm doch entgegenkommen, seinen Sohn auf den Armen.

www.ingramcontent.com/pod-product-compliance
Lightning Source LLC
Chambersburg PA
CBHW071227130726
47998CB00002B/861